中华现代学术名著丛书

汉魏六朝诗论丛

余冠英 著

图书在版编目(CIP)数据

汉魏六朝诗论丛／余冠英著. —北京:商务印书馆,2010(2022.8 重印)
(中华现代学术名著丛书)
ISBN 978－7－100－07381－3

Ⅰ.①汉… Ⅱ.①余… Ⅲ.①古典诗歌—文学研究—中国—汉代～魏晋南北朝时期—文集 Ⅳ.①I207.23－53

中国版本图书馆 CIP 数据核字(2010)第 185546 号

权利保留,侵权必究

本书据中华书局 1962 年版排印

中华现代学术名著丛书

汉魏六朝诗论丛

余冠英 著

商 务 印 书 馆 出 版
(北京王府井大街36号 邮政编码100710)
商 务 印 书 馆 发 行
北京通州皇家印刷厂印刷
ISBN 978－7－100－07381－3

2010 年 12 月第 1 版　　开本 880×1240　1/32
2022 年 8 月北京第 4 次印刷　印张 6⅝　插页 1
定价:38.00 元

余 冠 英

(1906—1995)

黄梅节近画冥冥，湖上狭歌一鹭眠细雨牛耕畦浪白晓晴鸥带舍烟青垂垂栗栭黄坐树蚕蚕溪头绿涨萍阳岸酒家新酿熟卖舟舣子傍桥停　村居即柴

录旧作一首应

庚辛同志雅令　羽英年八十又六

出版说明

百年前,张之洞尝劝学曰:"世运之明晦,人才之盛衰,其表在政,其里在学。"是时,国势颓危,列强环伺,传统频遭质疑,西学新知亟亟而入。一时间,中西学并立,文史哲分家,经济、政治、社会等新学科勃兴,令国人乱花迷眼。然而,淆乱之中,自有元气淋漓之象。中华现代学术之转型正是完成于这一混沌时期,于切磋琢磨、交锋碰撞中不断前行,涌现了一大批学术名家与经典之作。而学术与思想之新变,亦带动了社会各领域的全面转型,为中华复兴奠定了坚实基础。

时至今日,中华现代学术已走过百余年,其间百家林立、论辩蜂起,沉浮消长瞬息万变,情势之复杂自不待言。温故而知新,述往事而思来者。"中华现代学术名著丛"之编纂,其意正在于此,冀辨章学术,考镜源流,收纳各学科学派名家名作,以展现中华传统文化之新变,探求中华现代学术之根基。

"中华现代学术名著丛书"收录上自晚清下至20世纪80年代末中国大陆及港澳台地区、海外华人学者的原创学术名著(包括外文著作),以人文社会科学为主体兼及其他,涵盖文学、历史、哲学、政治、经济、法律和社会学等众多学科。

出版说明

出版"中华现代学术名著丛书",为本馆一大夙愿。自 1897 年始创起,本馆以"昌明教育,开启民智"为己任,有幸首刊了中华现代学术史上诸多开山之著、扛鼎之作;于中华现代学术之建立与变迁而言,既为参与者,也是见证者。作为对前人出版成绩与文化理念的承续,本馆倾力谋划,经学界通人擘画,并得国家出版基金支持,终以此丛书呈现于读者面前。唯望无论多少年,皆能傲立于书架,并希冀其能与"汉译世界学术名著丛书"共相辉映。如此宏愿,难免汲深绠短之忧,诚盼专家学者和广大读者共襄助之。

商务印书馆编辑部
2010 年 12 月

凡 例

一、"中华现代学术名著丛书"收录晚清以迄20世纪80年代末,为中华学人所著,成就斐然、泽被学林之学术著作。入选著作以名著为主,酌量选录名篇合集。

二、入选著作内容、编次一仍其旧,唯各书卷首冠以作者照片、手迹等。卷末附作者学术年表和题解文章,诚邀专家学者撰写而成,意在介绍作者学术成就,著作成书背景、学术价值及版本流变等情况。

三、入选著作率以原刊或作者修订、校阅本为底本,参校他本,正其讹误。前人引书,时有省略更改,倘不失原意,则不以原书文字改动引文;如确需校改,则出脚注说明版本依据,以"编者注"或"校者注"形式说明。

四、作者自有其文字风格,各时代均有其语言习惯,故不按现行用法、写法及表现手法改动原文;原书专名(人名、地名、术语)及译名与今不统一者,亦不作改动。如确系作者笔误、排印舛误、数据计算与外文拼写错误等,则予径改。

五、原书为直(横)排繁体者,除个别特殊情况,均改作横排简体。其中原书无标点或仅有简单断句者,一律改为新式标点,专名号从略。

六、除特殊情况外,原书篇后注移作脚注,双行夹注改为单行夹注。文献著录则从其原貌,稍加统一。

七、原书因年代久远而字迹模糊或纸页残缺者,据所缺字数用"□"表示;字数难以确定者,则用"(下缺)"表示。

前　　记

中国诗里可以说有两个传统，一个是由三百篇以来的民间诗歌的传统；这个传统二千年来从未断绝，它是反映了广大人民的生活，从民间产生的艺术创作的传统。另一个就是文人诗的传统，这是过去的中国文学史里所讲的主要内容。但这二者之间是有关系和有联系的。鲁迅先生说："歌、诗、词、曲，我以为原是民间物，文人取为己有，越做越难懂，弄得变成僵石，他们就又去取一样，又来慢慢的绞死它。"（《鲁迅书简》致姚克第十七信）就文学史的源流演变考察，鲁迅先生这话是完全正确的。民间文学的内容极其丰富生动，因为人民的生活和语言本身就是生动丰富的；而这也就是传统的文人所以要模仿它的原因。但民间文学也有它的难以避免的缺点；因为封建社会里的人民还没有可能掌握文化这一武器，因此民间作品也就很少集中和提高的机会，所以"里巷歌谣"的发展进步的情形就比较缓慢，艺术就比较粗糙；但这些都掩盖不了它那内容上的丰富与光彩。在文人开始向一种民间诗体拟作或学习的时候，他的作品立刻就会从民间文学中吸收到多量的健全的血液，使他的作品显得异常光辉生色。又因为文人是有一些文化知识的教养的，因之当他开始拟作或学习民间文学而还没有到"越做越难懂"的时候，他是可以给民间文学以一定的集中和提高的。我们文学史上有许多著名的诗人，他们所以能有伟大成就的原因之一，就是因为他们直接（从歌谣）或间接（从保存下来的乐府诗）从民间文学中汲取了丰富的健康的营养；屈原这样，曹子建这样，杜甫、白居易，无不如此。毛主席说："人民生活中本来存在着文学艺术的矿产，这是自然形态的东西，是粗糙的东西；但也是最生动，最丰富，最基本的东西，它们使一切加工形态的文学艺术相形见拙，它们是一切加工形态的文学艺术的取之不尽，用之不竭的唯一的源泉。"（《在延安文艺座谈会上的讲话》）这里清楚地说明了民间文学的宝贵价值，和以民间文学的健康特色为基本内容的加工后的文学作品的价值。

就中国诗说，诗经是一部很早的民间诗歌的总集，是有极高的文学价值的；但自被儒家奉为经典以后，对汉以后诗歌的影响远不如乐府诗的力量大。我同意本书著者余冠英先生的看法："中国文学的现实主义精神虽然早就表现在诗经，但是构成一个传统，却是汉以后的事，不能不归功于汉乐府。"（《〈乐府诗选〉序》）唐宋人所盛称的"汉魏风骨"，白居易很佩服杜甫的"三吏三别"一类社会诗，而把他自己做的社会诗叫做"新乐府"，都是指乐府诗中的那种健康的人民性说的。以后北朝乐府的直率爽朗的风格，南朝新声杂曲的爱情描写，都给了后来的诗人和诗以很大的影响。因此研究中国诗，就不能不特别注重乐府诗的这个传统，和它所给予文人诗的伟大影响。

余冠英先生是研究乐府诗的专家，并由此旁及而对汉魏以来的文人诗也有很精湛的研究；多年来他在清华大学讲授"中国文学史"及"汉魏六朝诗"等课程，课余之暇，常发表一些有研究心得的文章；现在就把有关汉魏六朝诗的一部分，编为这一本书。其中《〈乐府诗选〉序》一篇是他为郑振铎先生主编的《中国古典文艺丛书》中《乐府诗选》一书所写的序文,文中说明了他对乐府诗的估价和看法,而这看法是贯串在本书的各篇文章中的,因此也不妨视为本书的总序。以下六篇,是解释诗句的含义和歌辞的分合等问题的;问题虽似不大,但了解意义是研究或阅读诗歌的初步工作,实际是非常重要的。乐府诗中的词句本来有许多很难解,特别是汉乐府;以前虽也有些人做过解释训诂的工作,但大都是采用"汉人解经"的传统办法,注重出处训诂,而对诗意和乐府诗的精神却每多忽略;他解释的态度既不似训诂家之穿凿附会,也不似一些人"不求甚解"式的"以意逆志",他能本着乐府诗的精神别求新解,使诗焕然生色,而又言必有据,从历史和诗本身来证明这解释的真确。譬如"公输与鲁班"一句诗(《玉台新咏》古诗八首中之第六首),以前人只用力考证公输与鲁班究竟是一个人,还是两个人,作者也考证过了,但他却解释说:"公输与鲁班可以分指两个人……但'公输与鲁班'这句诗却不一定非照此解释不可。……它的语气虽似指着两个人,意思还是指一个。这样的句法不仅有加重语气的效果,还有些诙谐意味,可以见出民间文学的活泼性。"他还举了一些证据,说明这样解释不只是可喜的,而且是可信的。其余有两篇论文人诗的,蔡琰和曹植,都是和汉乐府渊源很深的人物。论蔡琰一文虽专在考订悲愤诗的真伪问题,但他相信五言悲愤诗一首是蔡琰所作,似乎与乐府诗风格的比较也是促成作者立论的一因。曹植是建安文学的代表人物,由他的诗中正可看出乐府对文人诗的伟大影响来。《乐府诗集作家姓氏考异》与《七言诗起源新论》两文是有关中国文学史研究的文章,不属于论诗的范围;但《乐府诗集》一书是收罗乐府诗最完备的书籍,这种细致的考订工作是会对爱好乐府诗的人有帮助的,因此也收在这里。这篇文章是沿用了考订文字的传统格式写的,作者用了文言,只是为了体例的方便。在《七言诗起源新论》一文里,作者考订七言诗的来源是民间歌谣,"体制上的一切特点都可在民间歌谣里找到根源",正可见出作者平日治学一贯重视民间文学传统的精神。他和李嘉言先生讨论七言诗起源的文章也有助于这问题的阐明,因此也一并编在后面。从本书的各篇文章中,读者是会对乐府诗有更进一步的认识的。

余冠英先生于本年十月底到中南区参加土改去了,需时约四个月,因与书局已有交稿成议,他又来不及亲自编定,因此嘱我代为编排一下,并略加题记。他这些文字在发表的当时我就全读过,平日也常在一起讨论这一类问题,因此就毅然答应下了。但如果在编排次序上或序文介绍中有什么不合适的地方,那是应该由我来负责的。

一九五一年十一月二日王瑶于北京清华大学

目 录

《乐府诗选》序 ··· 1
乐府歌辞的拼凑和分割 ······································ 17
汉魏诗里的偏义复词 ··· 27
说"公输与鲁班" ··· 33
说"小子无官职,衣冠仕洛阳" ································ 38
吴声歌曲里的男女赠答 ······································ 42
谈《西洲曲》 ·· 50
论蔡琰《悲愤诗》 ··· 55
建安诗人代表曹植(一九二至二三一) ······················ 65
《乐府诗集》作家姓氏考异 ··································· 77
七言诗起源新论 ·· 95
关于七言诗起源问题的讨论 ································ 119
附录
  《汉魏六朝诗选》前言 ································· 131
  《三曹诗选》前言 ······································ 157
  关于《孔雀东南飞》疑义 ······························· 179

余冠英先生学术年表 ·························· 徐公持 187
记余冠英先生及其学术 ······················· 徐公持 190

《乐府诗选》序

一

　　乐府诗是由乐府机关搜集、保存,因而流传的,我们谈乐府诗不得不走一条老路,从这个机关开头。根据东汉历史家班固的话,我们知道汉武帝刘彻是"始立乐府"的人。"乐府"是掌管音乐的机关,它的具体任务是制定乐谱,搜集歌辞和训练乐员。这个机关是相当庞大的,人员多到八百,官吏有"令"、"音监"、"游徼"等名目。
　　经过汉初六十年休养生息,中国人口增加了不少,财富也积累了不少,好大喜功的刘彻凭这些本钱一面开疆辟土,向外伸展势力,一面采用儒术,建立种种制度,来巩固他的统治。由于前者,西北邻族的音乐有机会传到中国来,引起皇帝和贵人们对"新声"的兴趣;由于后者,"制礼作乐"便成为应有的设施。这两点都是和立乐府有关的。班固《两都赋序》说:

　　　　大汉初定,日不暇给。至武宣之世,乃崇礼官,考文章。内设金马石渠之署,外兴乐府协律之事。

这里说明了刘彻这时才有立乐府的需要,也才有立乐府的条件。

《汉书·礼乐志》说：

> 至武帝定郊祀之礼,乃立乐府,采诗夜诵。有赵、代、秦、楚之讴。以李延年为协律都尉。多举司马相如等数十人造为诗赋,略论律吕以合八音之调,作十九章之歌。

这里说明了乐府的任务,其中最重要的当然是"采诗",就是搜集民歌,包括歌辞和乐调。《汉书·艺文志》说：

> 自孝武立乐府而采歌谣,于是有赵、代之讴,秦、楚之风,皆感于哀乐,缘事而发。亦可以观风俗,知薄厚云。

这里说明了采集歌谣的意义,同时说明了那些歌谣的特色。刘彻立乐府采歌谣的目的是为了兴"乐教"、"观风俗",还是为了宫庭娱乐或点缀升平,且不去管它,单就这个制度说是值得称许的。一则当时的民歌因此才有写定的机会,才有广泛流传和长远保存的可能。二则因此构成汉朝重视歌谣的传统,使此后三百年间的歌谣存录了不少。这在文学史上是大有关系的事。

有人以为在刘彻之前已经有了乐府机关,说班固弄错了事实,因为《史记·乐书》说：

> 高祖崩,令沛得以四时歌舞宗庙。孝惠、孝文、孝景无以增更,于乐府习常隶(肄)旧而已。

但这也许是以后制追述前事。《汉书·礼乐志》也曾有"孝惠二年使乐府令夏侯宽备其箫管"之文,正是同类。其实立乐府是小事,采诗才是大事。乐府担负了采诗的任务,才值得大书特书。从"习常肄旧"这句话正可以看出武帝以前纵然有乐府,也不过是另一种规模的乐府,那时绝没有采诗制度。既然如此就不必相提并论了。

乐府采诗的地域不限于"赵、代、秦、楚",《汉书·艺文志》著录的各地民歌有:

吴、楚、汝南歌诗十五篇;

燕、代讴、雁门、云中、陇西歌诗九篇;

邯郸、河间歌诗四篇;

齐、郑歌诗四篇;

淮南歌诗四篇;

左冯翊、秦歌诗三篇;

京兆尹、秦歌诗五篇;

河东、蒲反歌诗一篇;

雒阳歌诗四篇;

河南、周歌诗七篇;

周谣歌诗七十五篇;

周歌诗二篇;

南郡歌诗五篇。

从这里看出采集地域之广,规模之大。但总数一百三十八篇却并不算多,大约此外还有些不曾入乐的歌谣。也许汉哀帝刘欣"罢乐府"这件事不免使乐府里的民歌有所散失。《汉书·礼乐志》说刘欣不好音乐,尤其不好那些民歌俗乐,称之为"郑卫之声"。偏偏当时朝廷上下爱好这种"郑卫之声"成了风气,贵戚外家"至与人主争女乐",使刘欣看着不顺眼,便决心由政府来做榜样,把乐府里的俗乐一概罢去,只留下那些有关廊庙的雅乐。裁革了四百四十一个演奏各地俗乐的"讴员"。此后乐府不再传习民歌,想来散失是难免的了。

东汉乐府是否恢复刘彻时代的规模制度,史无明文,但现存古民间乐府诗许多是东汉的,可能东汉的乐府是采诗的,至少东汉政府曾为了政治目的访听歌谣。据范晔《后汉书》的记载,光武帝刘秀曾"广求民瘼,观纳风谣"①。和帝刘肇曾"分遣使者,皆微服单行,各至州县,观采风谣"②。灵帝刘宏也曾"诏公卿以谣言举二千石为民蠹害者"(注云:谣言,谓听百姓风谣善恶,而黜陟之也)③。由此也可推想当时歌谣必有存录,而乐工采来合乐也就很方便了。

到了魏、晋,乐府机关虽然不废,采诗的制度却没有了④。旧的乐府歌辞,有些还被继续用着,因而两汉的民歌流传了一部分下来。六朝有些总集专收录这些歌辞⑤,到沈约著《宋书》,又载入《乐志》。

南朝是新声杂曲大量产生的时代,民歌俗曲又一次被上层阶级所采取传习,不过范围只限于城市,内容又不外乎恋情,不能和汉朝的采诗相比。

后魏从开国之初就有乐府。那时北方争战频繁,似乎不会有采诗的事。但"横吹曲辞"确乎多是民谣,传入梁朝,被转译保存,流传到现在。

---

① 《后汉书·循吏传叙》。
② 《后汉书·李郃传》。
③ 《后汉书·刘陶传》。
④ 参看萧涤非《汉魏六朝乐府文学史》。
⑤ 《隋书·经籍志》有《古乐府》、《古歌录钞》等书。

从上述事实看来，汉、魏、六朝民歌的写定和保存，主要靠政府的乐府机关。但由于私家肄习，民间传唱而流传的大约也不少。汉哀帝罢除乐府里的俗乐之后，一般"豪富吏民"还是"湛沔自若"①，那时期该有不少民歌靠私家倡优的传习才得保存。现存古乐府歌辞有些是不出于《乐志》而出于"诸集"的②，大约都和官家乐府无关。像《孔雀东南飞》这篇名歌，产生时期是汉末，见于记录却晚到陈朝③，在民间歌人口头传唱的时间是很长的。

二

顾亭林《日知录》说："乐府是官署之名……后人乃以乐府所采之诗名之曰乐府。"《乐府》从机关名称变为诗体名称之后，又有广狭不同的意义，狭义的乐府指汉以下入乐的诗，包括文人制作的和采自民间的。广义的连词曲也包括在内。更广义的又包括那些并未入乐而袭用乐府旧题，或摹仿乐府体裁的作品。甚至记录乐府诗的总集，如《乐府诗集》之类，也简称乐府。

这一本选集所收的只是从汉到南北朝的乐府诗，主要的是入乐的民间作品，而以少数歌谣和在这些作品影响之下产生的文人乐府作为附录。

这些诗在宋人郭茂倩所编的《乐府诗集》里分别隶属于《鼓吹曲》、《相和歌》、《杂曲》、《清商曲》、《横吹曲》和《杂歌谣辞》六类。

---

① 《汉书·礼乐志》。
② 如《陇西行》古辞，《乐府解题》云："此篇出诸集，不入《乐志》。"
③ 徐陵《玉台新咏》开始记录这篇诗。

《乐府诗集》是收罗乐府诗最完备的书,其分类方法也被后人所沿用。前五类正是乐府诗的精华所在。

鼓吹曲是汉初传入的"北狄乐",用于朝会、田猎、道路、游行等场合。歌辞今存《铙歌》十八篇。大约铙歌本来有声无辞,后来陆续补进歌辞,所以时代不一,内容庞杂。其中有叙战阵,有纪祥瑞,有表武功,也有关涉男女私情的。有武帝时的诗,也有宣帝时的诗,有文人制作,也有民间歌谣。

铙歌文字有许多是不容易看懂,甚至不能句读的,主要原因是沈约所说的"声辞相杂"①。"声"写时用小字,"辞"用大字。流传久了,大小字混杂起来,也就是声辞混杂起来,后世便无法分辨了。其次是智匠所说的"字多讹误"②。这些歌辞《汉书》不载,到《宋书》才著录,传写之间,错字自然难免,再其次是朱谦之所说的"胡汉相混"③。这是假定汉《铙歌》里夹有外族的歌谣,那也并非不可能。本编选录三分之一,都是民歌。

相和歌是汉人所采各地的俗乐,大约以楚声为主。歌辞多出民间。《宋书·乐志》说:"凡乐章古辞今之存者,并汉世街陌谣讴,《江南可采莲》、《乌生十五子》、《白头吟》之属也。"便是指相和歌说的。内容有抒情,有说理,有叙事,叙事一类占主要地位(叙事诗是汉乐府的特色所在)。所叙的以社会故事和风俗最多,历史及游仙的故事也占一部分。此外便是男女相思和离别之作,格言式的教训,人生的慨叹等等。其中的大部分被选入本编。

《乐府诗集》的《杂曲》相当于唐吴兢《乐府古题要解》的《乐府

---

① 《宋书·乐志》云:"汉《铙歌》十八篇……皆声辞艳相杂,不可复分。"
② 《古今乐录》云:"汉《鼓吹铙歌》十八曲,字多讹误。"
③ 见朱谦之《音乐文学史》。

杂题》，其中乐调多"不知所起"。因为无可归类，就自成了一类。这一类也是收存汉民歌较多的，和《相和歌辞》同为汉乐府的菁华之菁华。本编也选录其中大部。

南朝入乐的民歌全在《清商曲》之部。郭茂倩将这些民歌分为《吴声歌》、《神弦歌》、《西曲歌》三部分。"吴声"、"西曲"与相和曲及舞曲同属于隋唐清商部。《乐府诗集》将相和歌与舞曲另别门类，所余吴声西曲等，因为本是清商的一部分，就姑从其类，名为清商①。上述三部共四百八十五首，本编选入七十首。

横吹曲是军中马上所奏，本是西域乐，汉武帝时传到中国来。汉曲多已亡佚。《乐府诗集》的《梁鼓角横吹曲》是从北朝传来。其歌辞除二三曲可能是沿用汉魏旧歌（也是因流行于北方，辗转传到江南的）外，都是北朝民间所产。其中一部分从"虏言"翻译，一部分是北人用"华言"创作的②。本编选入三十八首。

《乐府诗集》的《杂歌谣辞》一类收录上古到唐朝的徒歌与谣、谶、谚语。其中最可注意的是那些民谣。民间歌谣本是乐府诗之源，附录在乐府诗的总集里是有意义的。不过《乐府诗集》所收，有些是伪托的古歌，有些是和"诗"相距很远的谶辞和谚语。另一方面，有些有意思的歌谣又缺而不载。其采录标准是有问题的。本编附录的歌谣不以《乐府诗集》所收者为限。

本编也选入几首《古诗》，这里应该说明。所谓古诗本来大都是乐府歌辞，因为脱离了音乐，失掉标题，才被人泛称做古诗。朱乾《乐府正义》曾说："古诗十九首，古乐府也。"虽不曾举出理由，

---

① 据王易《乐府通论》。
② 详见孙楷第《梁鼓角横吹曲用北歌解》，《辅仁学志》第十三卷第一第二合期。

还是可信的。从现存的古诗（不限于"十九首"）观察，其中颇有些痕迹表明它们曾经入乐，一是诗句属歌人口吻，如"四座且莫喧，且听歌一言，请说铜炉器，崔嵬象南山"①。梁启超认为"正与赵德麐《商调蝶恋花序》中所说'奉劳歌伴，先调格调，后听芜词'，北观别墅主人《夸阳历大鼓书引白》所说'把丝弦儿弹起来就唱这回'相同，都是歌者对于听客的开头语"。梁氏并据此判定"流传下来的无名氏古诗亦皆乐府之辞"②。二是有拼凑成章的痕迹，如十九首之一的《东城高且长》篇就是两首（各十句）的拼合③。《凛凛岁云暮》篇中的"眄睐以适意，引领遥相晞"二句也是拼凑进去的句子④，其余如《孟冬寒气至》一首也有拼凑嫌疑。乐工将歌辞割裂拼搭来凑合乐谱，是乐府诗里常见的情形⑤，如非入乐的诗便不会如此。三是有曾被割裂的痕迹，如《行行重行行》篇。据《沧浪诗话》，宋人所见《玉台新咏》有将"越鸟"句以下另作一首的，可能这首诗曾被分割过，或因分章重奏，或因一曲分为两曲。这也是乐府诗才有的现象⑥。四是用乐府陈套，如用"客从远方来"五个字引起下文，就是一个套子⑦。惯用陈套又是乐府特色。五是古诗《生年不满百》一篇和相和歌《西门行》大同小异，正如《相逢行》和《长安有狭斜行》的关系，可能是"曲之异辞"。六是有几篇古诗在唐宋人

---

① 《玉台新咏》，《古诗八首》之一。
② 《中国美文及其历史》。
③ 张凤翼《文选纂注》、王渔洋《古诗选》、刘大櫆《历朝诗约选》都将此篇分做两首。此篇后十句和前十句不但意思不连接，情调也不同，显然是两首的拼合。
④ 胡克家《文选考异》曰："六臣本校云：善无此二句。此或尤本校添，但依文义，恐不当有。"
⑤ 详见余冠英《汉魏六朝诗论丛·乐府歌辞的拼凑与分割》。
⑥ 同上。
⑦ 同上。

引用时明明称为《古乐府》,如《迢迢牵牛星》、《兰若生春阳》等①。这些情形似乎够证明朱乾和梁启超的假定了。《古诗》里有些反映农村,如《上山采蘼芜》、《十五从军征》,有些反映城市,如《青青陵上柏》、《西北有高楼》,都是"一字千金"。本编所选以具有上述第六项条件者为限。

三

汉魏六朝乐府诗所以是珍贵的文学遗产,一则因为它本身是反映广大人民生活,从民间产生的或直接受民间文学影响而产生的艺术果实;二则这些诗对于中国诗歌里现实主义传统的形成起了极大的作用。为了说明这两点,得先提《诗经》。

《诗经》本是汉以前的《乐府》,《乐府》就是周以后的《诗经》。《诗经》以《变风》、《变雅》为菁华。《乐府》以《相和》、《杂曲》为菁华。主要的部分都是"感于哀乐,缘事而发"的里巷歌谣。都是有现实性的文学珠玉。诗经时代和乐府时代隔着四百年,这四百年间的歌声却显得很寂寞。并非是人民都哑了,里巷之间"饥者歌其食,劳者歌其事"②还是照常的,可不曾被人采集记录。屈原曾采取民间形式写出《九歌》、《离骚》等伟大诗篇,荀卿也曾采取民间形式写了《成相辞》,而屈荀时代的民歌却湮灭不见,这是多么可惜的事!因此我们更觉得汉代乐府民歌能够保存下来是大可庆幸的。

---

① 前者见《玉烛宝典》,后者见李善《文选注》,另有几篇详本书注释。
② 见何休《公羊传注》。

汉乐府民歌被搜集的时候正当诗歌中衰的时代，那时文人的歌咏是没有力量的。将乐府民歌和李斯《刻石铭》、韦孟《讽谏诗》或司马相如等人的《郊祀歌》来比较，就发现一面是无生命的纸花，一面是活鲜鲜的蓓蕾。《江南可采莲》、《枯鱼过河泣》的手法固然不是步趋《骚》《雅》的文人所能梦见；孤儿的哭声，军士的诅咒也不是"倡优所畜"的赋家所肯关心。乐府之丰富了汉代诗歌，简直是使荒漠变成了花园，这是有目共睹的事实，说明倒是多余的了。南北朝民间乐府在颜延之、谢灵运、任昉、沈约的时代，又是文学的新血液，新生命，情形也正相似。

那么，这些诗和《诗经》相比怎样呢？就诗的精神说，《诗经》和乐府是相同的。就具体的诗说，乐府绝不是《诗经》所能范围，虽然传统的看法是《诗经》的地位高得多。里巷歌谣也是发展进步的，四百年后的里巷歌谣必然有其"新变"。最显著的当然是诗形的进步，从语言观点看，五言的，七言的，杂言的乐府诗体当然胜过以四言为主的"诗经"体。再就题材说，像《雉子斑》、《蜨蝶行》、《步出夏门行》、《孤儿行》、《妇病行》、《东门行》等等无一不是新鲜的。就是拿题材相同的诗来比，乐府还照样给人新鲜之感。将写爱情的《上邪》比《柏舟》，写战阵的《战城南》比《击鼓》，写弃妇的《上山采蘼芜》比《谷风》和《氓》，写怀人的《青青河畔草》、《冉冉孤生竹》比《卷耳》和《伯兮》，或各擅胜场，或后来居上，绝不是陈陈相因。假如把最能见汉乐府特色的叙事诗单提出来说，像《陌上桑》、《陇西行》、《孤儿行》、《孔雀东南飞》那样，相应着社会人事和一般传记文学的发展而发展起来的曲折淋漓的诗篇，当然更不是诗经时代所能有。

总之，从乐府回顾汉武帝以前的文学，可以见出乐府的推陈出新。如再看看建安以下的文学,又可以发现乐府的巨大影响。

中国诗史上有两个突出的时代,一是建安到黄初①,二是天宝到元和②。也就是曹植、王粲的时代和杜甫、白居易的时代。董卓之乱和安史之乱使这两个时代的人饱经忧患。在文学上这两个时代有各自的特色,也有共同的特色。一个主要的共同特色就是"为时而著,为事而作"的现实主义精神。"为时为事"是白居易提出的口号。他把自己为时为事而作的诗题做"新乐府",而将作诗的标准推源于《诗经》③。现在我们应该指出,中国文学的现实主义精神虽然早就表现在《诗经》,但是发展成为一个延续不断的,更丰富,更有力的现实主义传统,却不能不归功于汉乐府。这要从建安黄初所受汉乐府的影响来看。

建安黄初最有价值的文学就是那些记述时事,同情疾苦,描写乱离的诗。例如曹操的《薤露行》、《蒿里行》,以乐府述时事,写出汉末政治的紊乱和战祸的惨酷。王粲的《七哀诗》也描写出当时的乱离景象。陈琳的《饮马长城窟行》,阮瑀的《驾出郭北门行》和曹植的《泰山梁甫行》又各自写出社会苦难的一面。这些都是本书已经选录的乐府诗。此外如曹丕六言诗"白骨纵横万里,哀哀下民靡恃",也是写乱后情形,和曹操王粲所注目者相同。至于蔡琰的《悲愤诗》,记亲身经历,更是惨痛。诗中写"胡羌"的残暴说:

> 卓众来东下,金甲耀日光。平土人脆弱。来兵皆胡羌。猎野围城邑,所向悉破亡。斩截无孑遗,尸骸相撑拒。马边悬

---

① 公元一九六至二二六。
② 公元七四二至八二〇。
③ 见白居易《与元九书》。

男头,马后载妇女。长驱西入关,回路险且阻。还顾邈冥冥,肝脾为烂腐。所掠有万计,不得令屯聚。或有骨肉俱,欲言不敢语。失意几微间,辄言"毙降虏。要当以亭刃,我曹不活汝!"岂敢惜性命,不堪其詈骂。或便加捶杖,毒痛参并下。且则号泣行,夜则悲吟坐。欲死不能得,欲生无一可。彼苍者何辜,乃遭此厄祸!

也有不用乱离疾苦做题材,而从另一面反映社会的诗,如曹植的《名都篇》,暴露都市贵游子弟的生活。这也是有现实性的。这些例子表明这一个时代的文学精神,这精神是直接从汉乐府承受来的。这些诗百分之九十用乐府题,用五言句,用叙事体,用浅俗的语言,在形式上已经看出汉乐府的影响。如再把《东门行》、《妇病行》、《孤儿行》等篇和曹、王、陈、阮的社会诗比较,更可看出他们的渊源。这些诗人一面受西汉以来乐府诗影响,或许一面也受当时民歌的影响。当时的民间既产生《孔雀东南飞》,料想还有其他同类的民歌。

由于曹操父子的提倡,邺中文士大都勇于接受从乐府发展出来的通俗形式,也承受乐府诗"缘事而发"的精神。他们身经乱离,遭受或目击许多苦难,所以肯正视当前血淋淋的现实,不但把社会真象摄入笔底,而且贯注丰富的感情。这样的文学自有其进步性。晋宋诗人没有不受建安影响的,傅玄、鲍照独能继承上述的文学精神。到南齐、梁、陈,"众作等蝉噪"①,文学被贵阀和宫庭包办。许多作者生活腐烂,许多作品流于病态。建安以来的优良传统几乎

---

① 韩愈诗。

斩断。幸而为时不长，唐代诗人从各阶层涌出，文学标准又有转变，"汉魏风骨"再被推崇①。陈子昂的《感遇诗》，大半讽刺武后朝政②，格调和精神都"可使建安作者相视而笑"③，而且为"杜陵之先导"④。到杜甫时代，社会苦难加深。杜甫有痛苦的流离经验，有深厚的社会感情，了解人生实在情况。他继承建安以来的文学精神，并且大大地发扬了它。元稹、白居易佩服他的"三吏三别"一类诗，尤其称赞他"即事名篇，无复依傍"⑤，就是说他做乐府诗而能摆脱乐府古题，写当前的社会。他们也学杜甫的榜样，做"因事立题"的社会诗，称为"新题乐府"或"新乐府"。不过这种叙事写实的诗体还是从汉乐府来的，这种诗的精神也是从汉乐府来的，不是创自元、白，也不是创自杜甫。仇兆鳌说杜甫的《新婚别》"全祖乐府遗意"⑥，为了指明传统，这样说法是有意义的。

这个时代里许多作者如元结、韦应物、顾况、张籍等都有反映社会，描写现实的诗（大都用乐府题目和形式）。元、白两人且大张旗鼓来宣传提倡。他们事实上继承了汉乐府和建安诗人的传统，但同时抬出《诗经》来做旗帜。这时的诗人对《诗经》的看法已经和汉朝人不同，他们已经认识"风雅比兴"的真精神了。不过说到影响，比较起来汉乐府对于他们还是较切近较直接的。在中国文学史上里巷歌谣影响文人制作并不止这一回，但是在内容上发生这么大作用的例子还不多，汉乐府在文学史上的价值也可以从这里

---

① 陈子昂《与东方左史虬修竹篇序》。
② 参看陈沆《诗比兴笺》。
③ 《修竹篇序》。
④ 《诗比兴笺》。
⑤ 元稹《古题乐府序》。
⑥ 《杜少陵集详注》。

去估量。

四

以下是关于本书体例的话：

一、关于选诗。选的范围和标准从上文已经可以见出。大致汉代乐府古辞选得最宽，因为流传的篇数本来少。其形形色色方方面面大都影响后来文学，也大都有值得注意之点。从本编所选，大体上可以认识汉乐府的精神和面貌。其次是北朝民间乐府，反映社会的面也算是广大的，其直率伉爽的风格，在中国诗里很突出，对唐诗颇有影响。本编也尽量多选。又其次是南朝（指东晋至陈末）民间乐府。这一类多写男女私情，题材既少变化，形式也差不多，选的时候着眼在感情的真挚健康与否，和表现手法的新鲜与否。去其重复和太"艳"的。附录的第一部分是歌谣，取其反映人民对于统治阶级的反抗，或歌颂民族英雄，描写人民生活，歌咏大自然，而艺术可观的。最后是文人乐府，只取其和民歌较接近，现实性较丰富的。入选篇数虽少，已经可以从中看出乐府民歌怎样影响了文人。

二、关于校勘。各篇以影印汲古阁本《乐府诗集》做底子，和其他总集、乐志、专集、类书等互校。凡遇可供参考的异文便用小字夹注在正文之下。其中如有正误优劣很显明，校者认为应从"一本"的，便在夹注的字旁加着重点来表示。十分显明的误字就随手改正。必要的校语附在注释里。如有衍文或只表声音并无意义的字，用〔　〕号表明。

三、关于注释。各篇先释字句，后述诗意（明白易晓的诗从略）。间有关于本事或背景的说明和作者介绍之类都附在后面。为了让读者省力，竭力少引书名人名，引用古书的时候，较难的都译为白话。注释者的创说也并不特别说明，因为普通读者不需要知道哪是旧说哪是新解，而专家学者不需说明自能辨别。至于篇题的解释往往从缺，因为乐府题只可从声调去解释，而声调久已失传，不可得闻。过去也有人"望文生义"地去求乐府题之"义"，那显然是行不通的。

笔者想像本书读者是国文修养相当于初中以上的程度，而且对于古典文学有兴趣的。注释虽用白话，有时为了依从习惯，省略字句，并不曾全汰去文言。例如"以，用也"或"亲交犹亲友"，都不是白话，但相信不会增加读者困难。

朱自清先生曾提倡用白话注解古典文学，他自己曾做过《古诗十九首释》[①]。闻一多先生也曾发愿要做这样的工作，他的《风诗类钞》[②]里一部分注解是用白话做的。本书注释曾参考他们的方法。

四、关于排列。各篇大致以时代为序。《铙歌》是西汉辞，排在最前。其次是《相和歌》，小部分是西汉辞，大部分是东汉辞。其次是《杂曲》，小部分时代不明，大部分是东汉辞（南朝《杂曲》二首，移列《清商曲》后）。再其次是《清商曲》，是晋、宋、齐辞。又其次是北朝歌，是苻秦到后魏的产品。附录部分，歌谣大都反映历史，文人乐府作者大半可考，便全依时代排列。除附录的第二部分外，并未打乱《乐府诗集》的分类，这样对于读者也有方便。

---

① 见《朱自清文集》第二册。
② 见《闻一多全集》辛集。

有几篇汉乐府"本辞"以外又有"晋乐所奏"的辞,因为字句有出入,可以参看,往往两辞同时选录。本编先列本辞,后列晋辞,和《乐府诗集》相反。

以上就是本书的凡例。笔者不敢妄想这本书成为完善的本子,但总希望它是一个可读的本子。在注释方面,不敢妄想解决乐府诗字句上所有的疑难问题,但希望比以往的注释多解决几个问题。这类工作本该是积累经验,逐渐进步的,假如做得有一点成绩,并不值得满足,不过表示不曾敷衍塞责罢了。临了儿,谢谢给我许多帮助的吴组缃先生、俞平伯先生和马汉麟先生。他们都曾对我的工作提过可宝贵的意见,使我随时发现应修改的地方。吴先生和我讨论的次数最多,他并曾将本书原稿细细校阅过一遍,指出每一个他认为可商量的地方,连标点符号也不曾放过。

现在这本书疏漏的地方一定还不少,希望读者随时指出来,帮助我改正。

余冠英

一九五〇年十月二十四日于清华园

乐府歌辞的拼凑和分割

古乐府重声不重辞,乐工取诗合乐,往往随意并合裁剪,不问文义。这种现象和"声辞杂写"同为古乐府歌辞的特色,也同样给读者许多困难。向来笺释家不注意乐府诗里的拼凑痕迹,在本不联贯的地方求联贯,在本无意义的地方找意义。结果是穿凿附会,枉费聪明,徒滋淆惑。本文目的在举出古乐府辞篇章杂凑的重要例子,考察其拼合的方式,并附带讨论有关的几点。所谓拼合方式,约可分为八类,列举如下:

(一)本为两辞合成一章,这种情形最早见于汉郊祀歌。郊祀歌第十章《天马》本是两辞,据《汉书·礼乐志》,"太乙况"一首作于元狩三年(《武帝纪》则云元鼎四年),"天马徕"一首作于太初四年,应是合并于李延年辈之手。相和歌辞平调曲《长歌行》古辞"仙人骑白鹿"篇亦同此例,其辞曰:

仙人骑白鹿,发短耳何长?导我上太华,揽芝获赤幢。来到主人门,奉药一玉箱。主人服此药,身体一日康强,发白更黑,延年寿命长。岧岧山上亭,皎皎云间星,远望使心思,游子恋所生。驱车出北门,遥观洛阳城。凯风吹长棘,夭夭枝叶倾。黄鸟鸣相追,咬咬弄音声。伫立望西河,泣下沾罗缨。

这篇歌辞"岩岩山上亭"以下与前十句意思不相接,风格全不同,显然另是一首(严羽《沧浪诗话》、左克明《古乐府》皆别为两首),但《乐府诗集》合为一章,自然因为当初合乐时本是如此。朱乾《乐府正义》假定"岩岩山上亭"以下是《长歌行》正辞,"仙人骑白鹿"十句是艳。《艺文类聚》引"岩岩山上亭"到"遥观洛阳城"八句,题作魏文帝于明津作,可知本篇是一首汉诗和一首魏诗的拼合。

(二)并合两篇联以短章,例如相和歌辞瑟调曲《饮马长城窟行》古辞:

> 青青河畔草,绵绵思远道。远道不可思,宿昔梦见之。梦见在我旁,忽觉在他乡。他乡各异县,展转不相见。枯桑知天风,海水知天寒,入门各自媚,谁肯相为言?客从远方来,遗我双鲤鱼。呼儿烹鲤鱼,中有尺素书。长跪读素书,书中竟何如?上言加餐饭,下言长相忆。

这一篇载入《文选》,历来有许多人加以解说。关于"枯桑"二句所喻何事,"入门"二句所指何人,说法最纷纭。"客从远方来"以下有人说是写梦境,有人说是叙实事,又有人说是"聊为不必然之词以自媚悦",也颇不一致。正因为这一篇本不是一个整体,说诗的人勉强串讲,近于猜谜,才这样纷歧。事实上"青青河畔草"八句和"客从远方来"八句各为一首诗。"枯桑"四句并非完章,夹在中间,音节上它是连环的一节,意义上却两无所属。刘大櫆、朱乾都曾注意到这篇拼合的痕迹,刘氏《历朝诗约选》云:"疑此诗为拟古二首,一拟《青青河边草》,一拟《客从远方来》也。……"朱氏《乐府正义》云:"古诗十九首皆乐府也,中有《青青河边草》,又有《客从远方来》,本是两首,惟《孟冬寒气至》一篇下接《客从远方来》,与《饮马长城窟》章法同,盖古诗有意尽而辞不尽,或辞尽而声不尽,则合此以足之。"两说微异,但均指出用"青青河畔草"与"客从远方来"句起头是古诗陈套,而本篇所包两首都是用现成的套子,实为妙悟。不过刘氏一定要说是"拟古",却未必然。至于"枯桑"四句,他们似乎以为属于前一首,也不妥当。

(三)一篇之中插入他篇,例如相和瑟调《艳歌何尝行》古辞:

> 飞来双白鹄,乃从西北来,十十五五,罗列成行。(一解)妻卒被病,行不能相随,五里一反顾,六里一徘徊。(二解)"吾欲衔汝去,口噤不能开;吾欲负汝去,毛羽何摧颓!"(三解)"乐哉新相知!忧来生别离!"踯躅顾群侣,泪下不自知。(四解)"念与君离别,气结不能言。各各重自爱,远道归还难。妾当守空房,闭门下重关。若生当相见,亡者会黄泉。"今日乐相乐,延年万岁期。("念与"下为趋)

上面所抄全依《宋书·乐志》。《玉台新咏》有一首《双白鹄》,实为同一篇,而辞稍不同:

> 飞来双白鹄,乃从西北来,十十将五五,罗列行不齐。忽然卒疲病,不能飞相随。五里一反顾,六里一徘徊。"吾欲衔汝去,口噤不能开。吾将负汝去,羽毛日摧颓。""乐哉新相知,忧来生别离!"峙嵣顾群侣,泪下纵横垂。今日乐相乐,延年万岁期。

朱嘉徵《乐府广序》疑《玉台》《双白鹄》为《艳歌何尝行》本辞,丁福保《全汉诗》也说《玉台》一首是"最初入乐之辞",黄晦闻先生《汉魏乐府风笺》则云:"《玉台新咏》改《艳歌何尝行》为《双白鹄》。"我疑猜这两篇都有改动原辞的地方,而《玉台新咏》的一篇较近原辞。

《艳歌何尝行》第一解"来"字与"行"字相韵,似乎是本来面目。灰韵与阳韵相叶,在汉乐府诗里屡见不鲜,如杂曲歌辞《乐府》"行胡从何方?列国持何来?氍毹毾㲪五木香,迷迭艾蒳及都梁"和《孔雀东南飞》"怅然遥相望,知是故人来,举手拍马鞍,嗟叹使心伤"用韵相同。《双白鹄》"十十将五五,罗列行不齐"两句,四言变为五言,灰阳相韵变为灰齐相韵,当是后代人为了使它更整齐谐适而加的改动。不过《宋志》比《玉台》多出的"念与君离别"八句,也不是原辞所有,这可以下列几个理由说明:

1. "今日乐相乐,延年万岁期"两句应直接上面"泪下不自知"句,因为"期"字是韵脚。这两句虽是入乐时所加的套语,意义和上文尽管不连属,在音节上却须是一个整体,不能失韵,这一层在乐府诗里从无例外,拿《白头吟》(晋乐所奏)、《怨歌行》("为君既不易"篇),宋子侯《董娇饶》和《古歌》"上金殿"篇等诗一比较就很明白了。(明、清人选本"延年万岁期"有作"万岁期延年"的,是故意改动以牵就韵脚,自不足据。)

2. "念与君离别"八句本身像是一篇诗,但有摹仿杂凑之嫌,非汉人所作。因为前四句和古诗"悲与亲友别,气结不能言,赠子以自爱,远道会见难"太相像,"若生当相见"两句又和伪苏武诗"生当复来归,死当长相思"两句近似。

3. 从"飞来双白鹄"到"泪下不自知",无论看作比体(喻夫妇)

或赋体(咏白鹄),都是空灵活泼,意思完足的诗,加入"念与"八句,就觉得辞不相称,意亦嫌赘。(有人以为"念与"八句是妻答夫之词,和上文"吾欲衔汝去"八句夫谓妻之词相对,所以不可少。其实夫(雄鹄)谓妻之词只是"吾欲衔汝去"到"毛羽何摧颓"四句。下面"乐哉新相知"两句(或连下两句)正是妻答,即古诗"念子弃我去,新心有所欢"的意思,不需另外再有答词。)

《宋书·乐志》在此篇后注明"'念与'下为趋",原辞的趋该是止有"今日乐相乐"二句,插入八句为的是延长趋曲。

(四)分割甲辞散入乙辞,例如相和瑟调《步出夏门行》魏明帝辞:

> 步出夏门,东登首阳山。嗟哉夷叔,仲尼称贤。君子退让,小人争先,惟斯二子,于今称传。林钟受谢,节改时迁,日月不居,谁得久存?善哉殊复善,弦歌乐情。(一解)商风夕起,悲彼秋蝉,变形易色,随风东西。乃眷西顾,云雾相连,丹霞蔽日,采虹带天。弱水潺潺,落叶翩翩,孤禽失群,悲鸣其间。善哉殊复善,悲鸣在其间。(二解)朝游青泠,日暮嗟归。("朝游"上为艳)戚迫日暮,乌鹊南飞,绕树三匝,何枝可依,卒逢风雨,树折枝摧。雄来惊雌,雌独愁栖,夜失群侣,悲鸣徘徊。芃芃荆棘,葛生绵绵,感彼风人,惆怅自怜。月盈则冲,华不再繁。古来之说,嗟哉一言。("戚迫"下为趋)

此篇除采魏武帝《短歌行》"乌鹊南飞"数句外,又取文帝《丹霞蔽日行》全篇(略易数字),将"丹霞蔽日"到"悲鸣其间"六句插入第二解,又以"月盈则冲"四句放在篇末。

（五）节取他篇加入本篇。上例对于魏文帝《丹霞蔽日行》是采取全篇，分割应用，对于武帝《短歌行》只是节取一部。后一种情形较为常见。如楚调《怨诗》曹植辞"明月照高楼"篇共七解，其最后的一解"我欲竟此曲，此曲悲且长，今日乐相乐，别后莫相忘"就是节取《怨歌行》古辞末四句。这都可以指出来源。在古辞里往往有明知是节取陈篇，而原篇不传不能指实的，如"皑如山上雪"篇晋乐所奏"郭东亦有樵，郭西亦有樵，两樵相推与，无亲为谁骄"等句，不像是乐工自撰，恐是节录歌谣。

（六）联合数篇各有删节。这一类和第（五）类不同处——第（五）类是先有一篇完整的诗做主体，然后加入从他篇节取的部分；这一类是联合几个部分成一篇歌辞，而各部分都不是完整的诗。例如相和曲古辞《鸡鸣》篇：

> 鸡鸣高树巅，狗吠深宫中。荡子何所之？天下方太平。刑法非有贷，柔协正乱名。
>
> 黄金为君门，碧玉为轩（兰）堂，上有双樽酒，作使邯郸倡。刘王碧青甓，后出郭门王。舍后有方池，池中双鸳鸯。鸳鸯七十二，罗列自成行。鸣声何啾啾？闻我殿东厢。兄弟四五人，皆为侍中郎。五日一时来，观者满路傍。黄金络马头，颎颎何煌煌！
>
> 桃生露井上，李树生桃傍，虫来啮桃根，李树代桃僵。树木身相代，兄弟还相忘。

这篇歌辞应分为三部分如上式，辞意各不相连。首尾两段本身显然不像完整的诗，来源也不可知。中间一段虽丰长，实际其是从他

篇节录,其来源还可以猜得大概。清调曲《相逢行》古辞云:

> 相逢狭路间,道隘不容车,如何两少年,挟毂问君家。君家诚易知,易知复难忘。黄金为君门,白玉为君堂,堂上置樽酒,作使邯郸倡。中庭生桂树,华镫何煌煌。兄弟两三人,中子为侍郎,五日一来归,道上自生光,黄金络马头,观者满路旁。入门时左顾,但见双鸳鸯,鸳鸯七十二,罗列自成行。音声何噰噰,鹤鸣东西厢。大妇织绮罗,中妇织流黄,小妇无所为,夹瑟上高堂。丈人且安坐,调丝未遽央。

此歌中段和《鸡鸣》中段大同小异。另有一篇《长安有狭斜行》和这篇也差不多,不过歌辞更简单些。大约同此一母题的诗共有三篇:《长安有狭斜》最简单,应是最早的一篇,姑且称为第一辞,《相逢行》为第二辞,第三辞不传,但其主要的部分被节录拼入《鸡鸣》篇,就是该篇的中段。读者试将三篇比照细看,便知这种猜测并非无理。

魏乐府拼凑方式和此例相同的,有文帝《临高台》篇:

> 临高行台高以轩,下有水,清且寒,中有黄鹄往且翻。行为臣,当尽忠,愿令皇帝陛下三千岁,宜居此宫。鹄欲南游,雌不能随。我欲躬衔汝,口噤不能开;欲负之,毛衣摧颓。五里一顾,六里徘徊。

此歌在冯惟讷《诗纪》分三段,以"往且翻"以上为第一段,"宜居此宫"以上为第二段,"鹄欲南游"以下为第三段。冯氏云:"此曲三段辞不相属,'鹄欲南游'以下乃古辞《飞鹄行》也。"《乐府正义》分为两解,以冯氏所分第二段属上为前解,"鹄欲南游"以下为后解。认为"前约汉铙歌《临高台》,后约瑟调《艳歌何尝行》"。其说很确。"水清""黄鹄"等句都出于汉铙歌《临高台》曲,"愿令皇帝陛下三千岁"也是从汉曲"令我主寿万年"变来。"鹄欲南游"以下是《艳歌何尝行》的简约,更为显著,这一点《诗纪》意见相同。《飞鹄行》就是《艳歌何尝行》,见《宋书·乐志》。

(七)以甲辞尾声为乙辞起兴,例如相和瑟调《陇西行》古辞:

> 天上何所有,历历种白榆,桂树夹道生,青龙对道隅。凤凰鸣啾啾,一母将九雏,顾视世间人,为乐甚独殊。好妇出迎客,颜色正敷愉,伸腰再拜跪,问客平安不。请客北堂上,坐客毡氍毹。清白各异樽,酒上正华疏,酌酒持与客,客言主人持。却略再拜跪,然后持一杯。谈笑未及竟,左顾敕中厨,促令办粗饭,慎莫使稽留。废礼送客出,盈盈府中趋,送客亦不远,足不过门枢。取妇得如此,齐姜亦不如,健妇持门户,亦胜一丈夫。

这篇开端八句和"好妇出迎客"以下截然分为两段,姑依旧说以前段为起兴。和这篇有关的一首诗是《步出夏门行》古辞(与《陇西行》是一曲之两辞):

> 邪径过空庐,好人尝独居,卒得神仙道,上与天相扶。过谒王父母,乃在太山隅。离天四五里,道逢赤松俱。揽辔为我御,将吾天上游。天上何所有,历历种白榆,桂树夹道生,青龙

对伏趺。

此篇末四句和《陇西行》开端相同,陈祚明《采菽堂古诗选》说《步出夏门行》取《陇西行》成语,事实恰恰相反。至于"凤凰鸣啾啾"以下四句,似乎原来也属于《步出夏门行》,可能是传写脱佚,更可能是入乐时所删。曹效曾《古乐府选》引唐汝谔《古诗解》云:"此诗语意未完,而《陇西行》'天上'数语又与'好妇'以下绝不相蒙,其为错简无疑,若以此诗合'为乐甚独殊'为一诗则完篇矣。"也以为《陇西行》前八句应该全属《步出夏门行》,意见极好。至于"错简"的说法自不必采,因为在乐府歌辞里,采彼合此是常有的事,并非错简。

《诗·小雅·出车》第五章"喓喓草虫,趯趯阜螽,未见君子,忧心忡忡"和《召南·草虫》首四句相同,有人引为起兴由尾声变成之例。《陇西行》的起兴也是由尾声变成。此例虽然也可以归入第(五)类,但毕竟为特殊,所以单列。

(八)套语,在乐府诗句里常见"今日乐相乐,延年万岁期","今日乐相乐,延年寿千霜","吾欲竟此曲,此曲愁人肠","吾欲竟此曲,此曲悲且长",或"愿令皇帝陛下三千岁","欲令皇帝陛下三千万"之类,大同小异,已成套语,随意凑合,无关文义。这类例子很多,而且是大家知道的,不备举。

从上举各例看来,可以知道,古乐府歌辞,许多是经过割截拼凑的,方式并无一定,完全为合乐的方便。所谓乐府重声不重辞,可知并非妄说。评点家认为"章法奇绝"的诗往往就是这类七拼八凑的诗。

在这里可以附带论及两事:第一,乐府诗被割截删削,并不限于和其他歌辞相拼凑的时候,如上举(五)、(六)、(七)诸例。单独一篇在入乐的时候有时也被删。上文就说到《步出夏门行》古辞末尾原该有"凤凰鸣啾啾"等句,现在没有,并不一定是脱佚,可能就是入乐时被删。汉曲古辞有些篇幅太短,语意不完的,似乎都属此类,如瑟调曲《上留田行》:"里中有啼儿,似类亲父子,回车问啼儿,慷慨不可止。"这诗也是被认为"奇妙"的一篇,但实在不完全,其原因应如上说。

古曲到后代经删削而后应用的例子也不少,如魏武帝《短歌行》晋乐所奏就比原辞少八句。舞曲歌《淮南王篇》齐代所奏就比晋乐减少四解。

第二,和上面所说的"拼合"相反,一辞分为数曲的例子也不是没有。《乐府诗集》二十七引崔豹《古今注》云:"《薤露》、《蒿里》并丧歌也,本出田横门人,……至汉武帝时,李延年分为二曲,《薤露》送王公贵人,《蒿里》送士大夫庶人。……"据此,可知挽歌曾经李延年分割。又如汉铙歌《有所思》和《上邪》两篇,庄述祖《铙歌句解》说是男女赠答之词,应合为一篇。闻一多先生《乐府诗笺》也说"铙歌十八曲实只十七曲",认为这两篇本是一篇(见《国文月刊》第三、第四两期)。庄、闻之说很有理,这也是一辞分于两曲的实例。这些现象也足以说明乐府重声不重辞。

一九四七年,八月,清华园。

汉魏诗里的偏义复词

　　国语里有一种复合词，由并行的两词组成，在句中有时偏用其中一个的意义，可以称为偏义复词。例如：

　　"费了那么多精神，到后来还要落褒贬，真不值得！"

　　"我的丈夫受了重伤，万一有个好歹，叫我怎么过！"

这里"褒贬"偏用"贬"的意义，"好歹"偏用"歹"的意义。"褒贬""好歹"都成为偏义复词。这种复词在古文里也并不少见。顾亭林《日知录》卷二十七，首先举出"得失，失也"，"利害，害也"，"缓急，急也"，"成败，败也"，"异同，异也"，"赢缩，缩也"，"祸福，祸也"七例。俞曲园《古书疑义举例》卷二续举"因老而及幼"，"因车而及马"，"因父而连言母"，"因昆而连言弟"，"因妹而连言姊"，"因伯而连言男"，"因败而连言成"七例。黎劭西先生曾著《国语中复合词的歧义和偏义》一文，载在《女师大学术季刊》第一卷第二期，添举"会同"、"朝夕"、"耳目"、"日月"、"禹稷"等八例。《燕京学报》第十二期有刘盼遂先生《中国文法复词中偏义例续举》一文，又补了"爱情"、"陟降"、"强弱"、"曷来"、"安危"、"虚盈"、"是非"、"动静"、"上下"等十七例。在诗歌里，因为凑字足句的关系偏义复词也许更多些。本文单从汉魏诗歌续举十七词。这类复合词的辨别往往关系诗的了解，提出来作为讨论资料，似乎不为无益而且还可能是饶有兴趣的事情。

（一）"死生"，死也。汉乐府相和歌古辞《乌生》篇："唶！我人民生各各有寿命，死生何须复道前后？"李因笃《汉诗音注》说："弹乌，射鹿，煮鹄，钓鱼，总借喻年寿之有穷，世途之难测。"这是本诗的大旨。上面所引的两句是本诗的结尾，意思是说夭寿全属天命，死亡早迟是不足计较的。这里因"死"而连言"生"，"生"字无义。这是所谓句中挟字法。

（二）"东西"，东也（或西也）。汉乐府相和歌《白头吟》本辞："蹀躞御沟上，沟水东西流。"次句费解。既是沟中的水就只能东流或西流，不能既东又西。假如"东西"不是偏义复词，唯一可能的解释就是一条南流或北流的水注入和它垂直的沟，水分东西两头。但是如参看南朝《神弦歌》里的"蹀躞越桥上，河水东西流，上有神仙，下有西流鱼。……"等句，就知道这样说法不妥。《神弦歌》的河，只是一条河，因为已说明在一座桥下。从"西流鱼"三字看来，"东西流"实在就是东流，因为"河水"和"下有"两句是以古乐府《前缓声歌》"东流之水必有西上之鱼"一句为根据的。由此推论《白头吟》篇的"东西流"，虽不能断言是东流还是西流，"东西"一词用成偏义是很可能的。

（三）"嫁娶"，嫁也。同篇："凄凄复凄凄，嫁娶不须啼，愿得一心人，白头不相离。"是说人家嫁女常常啼哭，其实嫁女是不必啼哭的，只要嫁得"一心人"，到老不分开，就是幸福了。全诗都是女子口吻，这几句也是就女子方面说。"嫁娶"也是用偏义。

（四）"松柏"，松也。汉乐府相和歌辞《艳歌行》"南山"篇："南山石嵬嵬，松柏何离离。"这是开端的两句，下文说"洛阳发中梁，松树窃自悲"，"斧锯截是松，松树东西摧"，又说"本自南山松，今为宫殿梁"，全篇只写松树的事。开端虽然松柏并提，"柏"字不过是连言而及。

（五）"木石"，木也。汉乐府杂曲歌古辞《前缓声歌》："心非木石荆，根株数得覆盖天。"木与荆有根株，石不能有根株。"木石"是常常连言的，所以这里因"木"而及"石"。

（六）"公姥"，姥也。汉乐府杂曲歌古辞《孔雀东南飞》篇"便可白公姥"，又"奉事循公姥"，又"勤心养公姥"。三句都是焦仲卿妻刘氏的话，但细观全诗，焦仲卿的父亲应已不在世，否则诗中有许多地方便说不通了。仲卿决心自杀时说"令母在后单"，从这句话可以见出他没有父亲。诗中叙刘氏嘱仲卿"便可白公姥"，接着便叙仲卿依嘱行事——"堂上启阿母"，从这里也可以见出仲卿没有父亲。刘氏口中屡次所说的"公姥"意思只指阿姥。这和俞曲园所举《礼记·杂记》篇因父而连言母，黎劭西所举《毛诗·将仲子》因母而连言父属于一类。

（七）"作息"，作也。《孔雀东南飞》篇又有"昼夜勤作息"一句，旧注解"作息"两字多不可通。闻一多先生《乐府诗笺》说："息，生息也，作息谓操作生息之事。"虽属可通，还嫌生强。作息自是对待的并行词，白居易诗云"一日分五时，作息自有常"，这是"作息"通常的用法，和今语相同。这诗的"作息"用成偏义，"终日勤作息"就是终日勤于劳作：也就是上文所谓"鸡鸣入机织，夜夜不得息"的意思。

（八）"父母"，母也。同篇："我有亲父母。"和上举"公姥"例相似，这是因母而连言父。刘兰芝没有父亲也是显而易见的，她如有父亲就不当说"谢家事夫婿，中道还兄门"了。她的婚姻也不能"处分适兄意"，应当让父亲去作主了。

（九）"父兄"，兄也。同篇："我有亲父兄，性行暴如雷。"兰芝无父,说已见上。这里"亲父兄"意思只是"亲兄","父"字是因"兄"而及。有人说同父之兄叫做亲父兄,似乎缺乏根据。萧涤非先生《汉魏六朝乐府文学史》将这里的"亲父兄"和《上留田行》的"亲父子"相比附。《上留田行》并非完章,那几句诗究何所云,难有定说。"亲父子"的"父"字很可能是"交"字之误,和这里的"亲父兄"不是一类。

(十)"弟兄",兄也。同篇:"逼迫兼弟兄。"此处"弟兄"一词也是字复义奇。全诗不曾叙兰芝有弟,逼迫者只是阿兄。本句"兼"字是承上句"我有亲父母"来的,上句"父母"只指母,此句"弟兄"只指兄,"兼"是兼母与兄,不得因兼字认为兰芝有弟。黎劭西先生说:"今国语谓'弟'曰'兄弟'亦连言而成凝定的偏义,若欲称兄及弟则不得云'兄弟'而必曰'弟兄',如云'两弟兄',谓兄弟两人也;云'两兄弟',则其两弟矣。"那么,这一词的用法古今又有小不同了。

(十一)"洒扫",扫也。张衡《同声歌》:"洒扫清枕席。"这诗上文"莞蒻席"、"匡床"、"衾帱"等词都关涉到床榻,这句"洒扫"两字当然直连"枕席"。枕席只可扫,不可洒,洒字不应有义,不过借以足句而已。

(十二)"冠带",冠也。曹操《薤露行》:"沐猴而冠带,智小而谋强。"上句用《史记·项羽本纪》"沐猴而冠"成语,加一"带"字是为了凑成五言。阮籍《咏怀诗》"被褐怀珠玉"用《老子》"被褐怀玉",加一"珠"字,"珠玉"亦成偏义复词,引用成语,加字足句,因而构成的偏义复词是较普通的一种。

(十三)"西北",北也。曹植《杂诗》:"西北有织妇,绮缟何缤纷。"黄晦闻先生《曹子建诗注》说"织妇"喻织女星,并引《史记·

天官书》说明织女星所在的方位是北方。本诗结句"愿为南流景,驰光见我君","南"字与"北"字相应,"西"字无义。

(十四)"西北",西也。阮籍《咏怀诗》第四:"天马出西北,由来从东道。"这两句诗本于汉《郊祀歌》"天马来,从西极……经千里,循东道"。"北"字无义。这一类的偏义复词在诗歌里亦较常见,如古乐府"日出东南隅"之偏用东义,曹植"光景西南驰"之偏用西义等,不备举。

(十五)"存亡",存也。阮籍《咏怀诗》第八十:"存亡有长短,慷慨将焉知。"这诗"长短"指寿命(喻国祚);诗中"三山招松乔,万世谁与期"是说长存不可指望,"不见季秋草,摧折在今时"是说夭折却在意中。一本"存亡"作"存日"意义不变,但日字恐是后人不明复词偏义之例故意改的。注家也有人将"长短"解为"长短术"似乎未得诗意。(刘盼遂先生所举也有"存亡,亡也"一条,据《三国志·诸葛亮传》,可参考。)

(十六)"丝竹",丝也。伪苏武诗:"……幸有弦歌曲,可以喻中怀,请为游子吟,泠泠一何悲!丝竹厉清响,慷慨有余哀。……"《游子吟》本是琴曲,所以上句说"幸有弦歌曲"。下文"丝竹厉清响","竹"字自是因"丝"连言而及。

(十七)"弦望",望也。伪李陵诗:"安知非日月,弦望自有时。"此例黎劭西先生曾举过,他说:"日月,月也。日安得有弦望?"以"日月"为偏义复词固然可通,但"望"字本取日月相望之义,(《尚书》:"惟二月既望",孔安国曰:"十五日日月相望也。"阮籍诗云:"日月正相望。")假如这两句诗改作"安知非日月,相望自有时",不也可通么?那么问题岂不是只在"弦"字?所以也不妨说"弦望"是偏义复词。

以上十七条,是笔者平日读汉魏诗偶然注意,偶然札录的东西,相信如专意去搜寻一番,当有较多的发现。他日有暇,再来补充。

一九四八年夏

说"公输与鲁班"

本文目的不是考一个古人,而是解一句古诗。

《玉台新咏》载《古诗八首》,第六首道:

> 四座且莫喧,愿听歌一言,请说铜炉器,崔嵬象南山。上枝以松柏,下根据铜盘,雕文各异类,离娄自相联。谁能为此器?公输与鲁班。(下略)

又《乐府诗集》载相和歌古辞《艳歌行》道:

> 南山石嵬嵬,松柏何离离!上枝拂青云,中心十数围。洛阳发中梁,松树窃自悲。斧锯截是松,松树东西摧,持作四轮车,载至洛阳宫。观者莫不叹,问是何山材?谁能刻镂此?公输与鲁班。(下略)

"公输与鲁班"这一句两次见于汉人的诗,它不免引起读者的疑问——究竟"公输"、"鲁班"是一个人呢,还是两个?赵岐《孟子·离娄》篇注云:

> 公输子名班,鲁之巧人也。

公输班就是《墨子》里的公输盘,又作公输般,据赵岐之说,似乎鲁班就是公输班,并非两个人。《吕氏春秋·爱类》篇高诱注云:

> 公输、鲁班之号也。

《淮南子·修务训》注亦云:

> 公输、鲁班号。

则明说鲁班和公输是同一人。这句诗在"公输"、"鲁班"之间加了一个"与"字,显然是当做两个人了,是否因为作者是"民间诗人"(我们有理由相信作者是民间诗人)所以犯了"你好比诸葛孔明二位先生"(河南戏词)一样的错误,还是和薛综一样,误解《孟子》注文,认为鲁班是"公输之子"(《西京赋》注)呢?我看这倒不见得,那时的大作家班固似乎也将公输、鲁班当做两个人,《汉书·叙传》说:

> 逢蒙绝技于弧矢,班输榷巧于斧斤。

曹植《七启》也说:

> 班输无所措其斧斤,离娄为之失睛。

古人有时将公输班简称为"输班",例如《易林》"梗生南山,命制输班"便是,但倒过来作"班输"就不像是公输班的简称,只能认为所指是两人了。《汉书·叙传》"班输"句颜师古注说:"班输即鲁公输班也。一说:班、鲁班也,与公输氏为二人也,皆有巧艺也。"一说似比较合理。将"输"、"班"分指两人,或是根据《礼记·檀弓》文和郑玄的注。《檀弓》下云:

> 季康子之母死,公输若方小,敛,般请以机封。

郑玄注云:

> 般、若之族,多技巧者,见若掌敛事而年尚幼,请代之。

以"输"(或"公输")指公输若,以"班"(或"鲁班")指公输班,也说得通。李善就引郑玄的话来注《七启》。唐人笔记小说张鷟《朝野佥载》和段成式《酉阳杂俎》又说鲁班和公输班也不是同一人,《太平广记》引《酉阳杂俎》云:

> 鲁般,燉煌人,莫详年代。于凉州作木鸢,乘之以归。无何其妻有娠,父母诘之,妻具说其故。父后伺得木鸢乘之,遂至吴会。吴人以为妖,杀之。般怨吴人杀其父,于肃州城南作一木仙人,举手指东南。吴地大旱三年。卜曰:般所为也,赍物巨千谢之。般为断其一手,其月吴中大雨。国初,土人尚祈祷其木仙。六国时公输班亦为木鸢以窥宋城。

我们如愿意承认公输、鲁班是两个人,这故事自然更有助于说明。不过这怕是后起的传说,汉时未必有,还是《礼记》和郑玄之说比较可依据罢？

公输、鲁班可以分指两个人，由上所论，似无问题，但"公输与鲁班"这句诗却不一定非照此解释不可，在这里我愿意向读者介绍朱乾的妙说。朱氏《乐府正义》卷八道：

> 公输鲁班非误用，言更无第二人也。《丹铅录》云：《史记·相如传》"文君已失身于司马，长卿故倦游"，以人姓与字分为二句，其文法自《左传》。刘越石诗"宣尼悲获麟，西狩泣孔丘"，沈休文《宋书·恩幸传论》"胡广累世农夫，伯始致位公卿，黄宪牛医之子，叔度名动京师"。

照这么解释，这句诗就有了可玩味的地方，它的语气虽似指着两个人，意思还是指一个。这样的句法不仅有加重语气的效果，还有些诙谐意味，可以见出民间文学的活泼性。朱氏的说法实在可喜，不过他拿司马迁、刘琨、沈约等人的诗文来比附却不很适当。其实在汉诗里就有一句和"公输与鲁班"文法完全相同的诗，就是张衡《同声歌》里的"鞮芬以狄香"。这句诗的解释一向也不一致，最合理可信的一说见于《虫获轩笔记》，《拜经楼诗话》引其说云：

> 《王制》："西方曰狄鞮。"古诗中所谓"迷迭""兜纳"诸香大都来自西域，故曰"鞮芬狄香"。"鞮芬"即"狄香"，重言之者，古人常有此文法，如隐侯举阮步兵"多言焉所告，繁忧将诉谁"之例也。

"鞮芬"、"狄香"是一非二。这样的重叠，我们也可以仿朱乾的调子来加一句说明："言更无第二物也。"公输、鲁班是一人，鞮芬、狄香是一物，其间的连接字"以"和"与"的意义也没有分别（以与古通，说见《经传释词》），所以我说两句文法完全相同。既然是无独有偶，朱乾的解释便更令人觉得可信，不仅是可喜而已了。

在现代语体文里每当"言更无第二人"或更无第二物的时候，常见到一个套子，就是"第一是××，第二是××，第三还是××"。例如张定璜在《鲁迅先生》一文中说：

> 我们知道他有三个特色……第一个是冷静，第二个是冷静，第三个还是冷静。

鲁迅先生自己也曾有"一棵是枣树，另一棵也是枣树"（《秋夜》）的名句，不记得是否在张文之前？这方式后来用者纷纷，以至于成了一个套子。其实不妨说古已有之，如将"公输与鲁班"换一个摩登的说法，不就是"第一个是鲁班，第二个还是鲁班"么？

一九四七年，九月，清华园。

说"小子无官职，衣冠仕洛阳"

乐府相和歌清调曲《长安有狭斜行》古辞云：

> 长安有狭斜，狭斜不容车，适逢两少年，夹毂问君家。君家新市旁，易知复难忘。大子二千石，中子孝廉郎，小子无官职，衣冠仕洛阳。三子俱入室，室中自生光。大妇织绮罗，中妇织流黄，小妇无所为，挟瑟上高堂，丈人且安坐，调弦未讵央！

"小子无官职"二句令人疑惑，因为既然"仕洛阳"就不该说"无官职"了，朱乾《乐府正义》解释道：

> 无官职而云仕洛阳者，散郎谓之外郎，在三署郎之外。自西汉盛时，以赀为郎，以谷拜爵免罪，为权宜之计。至其末世，安帝永初，桓帝延熹，关内侯虎贲羽林缇骑营士五大夫入钱有差。至于灵帝光和中平，开西邸，输东园。公卿州郡，下至黄绶，靡不货取。官爵之滥至于如此，汉安得不亡乎！

朱乾以为小子官散郎，虽有官衔，并无职事，所以谓之"无官职"。后来解这篇古辞的人往往采取此说（事实上也不曾有过其他解说)。但"无官职"和"仕"终竟不免矛盾,在古人诗文里没有同式的句子足为朱说佐证,我们不敢轻易信从。而况即使"无官职"三字照朱氏解释,他也不能自圆其说。汉代的郎官都是散官,秩禄虽有多寡,无定职一点是相同的①。本诗云"中子孝廉郎",中子既是郎官,自然也是有秩无职,如"无官职"系指无职事而言,中子也当包括在内,如何能独指小子呢?我以为这两句诗并非写同一时间的事,"无官职"是现在,"仕洛阳"是将来,上句是实叙,下句是虚拟。在汉诗里另有两句,与此相类,可资比较。那两句就是《孔雀东南飞》篇的"汝本大家子,仕宦于台阁"。这两句是焦母对仲卿说的,焦仲卿不过是一个"府小吏",竟说他"仕宦于台阁",实在可怪。闻一多先生说这是"指仲卿之先世"②,大约也觉得下句和仲卿的身分不符,所以立此一说。但下句的主词分明是上句中的"汝"字,若指仲卿的先世,文法上很难说得通。我以为下句仍当指仲卿,不过是预拟之辞。这两句的意思是说:"你出身大家,有所凭借,将来一定会仕宦于台阁的。"焦母要仲卿相信自己前途远大,禄命不薄,犯不着和兰芝一同死,所以才如此云云。句中省去了"行"、"将"一类的字,但从语气仍然可以辨别。

以此例彼,可以帮助我们了解"小子无官职,衣冠仕洛阳"。

在现代的俚歌里也有相类的句子可资比较。小时在扬州曾听"送麒麟"③的人唱道:

---

① 参看陶希圣《秦汉政治制度》。
② 《闻一多全集·乐府诗笺》。
③ 旧历正月初二至十五,常有成群的人敲锣鼓,扛纸糊麒麟,挨户歌唱讨赏,叫做"送麒麟",扬州附近各地皆有此俗。

>锣鼓一打喜连天,贵府少爷肩挨肩,武官做到××使,文官做到××员。

又扬州乞丐所唱《莲花落》也有相似的词儿:

>穿大街,过小巷,送财送到你府上。小小少爷手里搛,将来是个沈万三。

这类唱词无非祝颂的话头,唱者往往见景生情,随口编造,大都既切眼前实事,又合听者身分,用来博对方一笑,换取几文赏钱。上述两例,都是为着小孩子唱的,一祝贵,一祝富。后者有"将来"字样,预拟的意思很显明;前者略去这种字样,预拟的意思也很显明。

以今例古,也可以帮助我们了解"小子无官职,衣冠仕洛阳"。所以,这两句诗如译为白话,就是:

>小少爷在目前虽没有一官半职,将来少不得到洛阳做个京官儿。

朱乾认《长安有狭斜行》是讽刺诗,他觉得这两句也是讽刺,所以有上文所引的那一段解说。李因笃《汉诗音注》说"既曰无官职,又曰仕洛阳,世胄子弟当自愧矣",也觉得这里有所讽刺(他们以美刺说乐府,先具成见)。但据上文所释,从其中只见到祝颂的意味,绝不似讽刺的口吻,全篇极写一家的贵盛,也只见赞美,并无刺意,这种歌词大致用于"娱宾遣兴"的场合,讽刺似乎用不着也容不得吧？

　　和这篇同一母题的《相逢行》古辞有"堂上置樽酒，作使邯郸倡"二句，（又见《鸡鸣》篇，上句作"上有双樽酒"），我相信那就是这类歌辞应用的场合。当时的富贵之家歌舞的嗜好很普遍，贵戚"至与人主争女乐"（见《汉书·礼乐志》），一般的豪富吏民亦复"倡优伎乐列乎深堂"（见仲长统《昌言·理乱》篇）。所用的歌辞有时出于乐工自撰，其中常有祝颂主人的言语。现存的乐府古辞中有许多祝颂之辞，都是乐工的口吻。流行的歌曲，传唱既久，字句便不免有增减变换，其中祝颂之辞更不能固定不变，因为切合于这一家的不一定也切合于那一家。所以《长安有狭斜行》，叙三子的地位时是大子最阔，中子次之，小子无官；在《相逢行》就只有"中子为侍郎"；在《鸡鸣》篇，"三子"变为"兄弟四五人"，他们的官衔又变为"皆为侍中郎"了。《相逢行》与《鸡鸣》篇的中段结构用语大同小异，和《长安有狭斜行》是一曲之异辞。① 其内容所以稍有变易者，就因为歌者所主之家不同，也就是祝颂的对象变了。这些话自然都是臆测，但也许离真象不远。

　　至于这篇《长安有狭斜行》的产生时代，应属东汉无疑，从"衣冠仕洛阳"句可见，但产地仍当是长安，从首句可见。《相逢行》似以此篇为蓝本②，而不言长安，大约已经从长安流传到别地了。

一九四七年，冬。

---

① 参看《乐府歌辞的拼凑和分割》一文。
② 同上。

吴声歌曲里的男女赠答

乐府《清商》等绝中有些是一倡一答,男女互赠的诗,在《西曲歌》里曾有少数被人注意到,如《那呵滩》二首:

> 闻欢下扬州,相送江津湾,愿得篙橹折,交郎到头还。
> 篙折当更觅,橹折当更安,各自是官人,那得到头还。

"到"就是"倒",篙橹都折,就只能倒转而还了。前一首女子词,后一首男子答。谭元春云"二首一语一应",范大士云"一种相调之情写来如话",是也。这种赠答诗在西曲歌里很希罕,此例之外只有齐释宝月的《估客乐》"大编珂峨头"和"初发扬州时"两首①。但在《吴声歌曲》里这类诗却不少见,似乎一向不曾有人留心过。例如《欢闻变歌》:

> 金瓦九重墙,玉壁珊瑚柱,中夜来相寻,唤欢闻不顾。
> 欢来不徐徐,阳窗都锐户,耶婆尚未眠,肝心如椎橹。

前诗是男子埋怨责备的口吻,后诗是女子的回答,语意很明显。又

---

① 此二诗《乐府诗集》不题作者姓名,从左克明《古乐府》作宝月诗。

如《前溪歌》：

> 忧思出门倚，逢郎前溪度。莫作流水心，引新都舍故。
>
> 前溪沧浪映，通波澄渌清。声弦传不绝，千载寄汝名，永与天地并。
>
> 逍遥独桑头，北望东武亭，黄瓜被山侧，春风感郎情。
>
> 逍遥独桑头，东北无广亲。黄瓜是小草，春风何足叹，忆汝涕交零。
>
> 黄葛生烂漫，谁能断葛根，宁断娇儿乳，不断郎殷勤！
>
> 黄葛结蒙龙，生在洛溪边，花落逐水去，何当顺流还？还亦不复鲜！

第一首女子词，第二首男子答。"声弦"或是说琴音，因为前诗提到"流水"，就与高山流水的故事作联想，以琴音长在人心，喻相忆永无断绝。第三首女子词，第四首男子答。这两首句句针对，赠答的意味更明显。第五第六仍是女倡男答，前诗是"终不罢相怜"的口吻，后诗则似表示"覆水难收"，是所谓决绝之词。《乐府诗集》载《前溪歌》共七首，这六首成为三对。另一首原来也该有匹偶，可惜已经亡逸了。

我想，如要在《吴声歌曲》里发见更多的男女赠答之词，应该到大群的《子夜歌》里去搜寻。论理，《子夜歌》应该全部是男女赠答之词。因为它本是歌谣，（从《大子夜歌》"歌谣数百种，子夜最可怜"两句可以知道。）其内容又都是言情，自当和今时湘滇两广的山歌一样，有倡有答。但因为现存的《子夜歌》不完全，[①]又和文人的

---

① 子夜春夏歌皆二十首，秋歌只十八首，冬歌只十七首，显有亡逸。

作品羼混,①一一分别实在不容易。不过,话虽如此,现在能够分别出来的也还不算太少,大约够得上一半罢。这里且在《子夜歌》里举十首,在《子夜四时歌》里举十六首做例。(各诗均见《乐府诗集》)

子 夜 歌

(一)落日出前门,瞻瞩见子度,冶容多姿鬓,芳香已盈路。
(二)芳是香所为,冶容不敢当,天不夺人愿,故使侬见郎。
(三)始欲识郎时,两心望如一,理丝入残机,何悟不成匹。
(四)见娘善容媚,愿得结金兰,空织无经纬,求匹理自难。
(五)崎岖相怨慕,始获风云通,玉床②语石阙,悲思两心同。
(六)今夕已欢别,合会在何时?明灯照空局,悠然未有期!
(七)自从别郎来,何日不咨嗟?黄蘗郁成林,当奈苦心多!
(八)高山种芙蓉,复经黄蘗坞,果得一莲时,流离婴辛苦!
(九)感欢初殷勤,叹子后辽落,打金侧玳瑁,外艳里怀薄。
(十)初时非不密,其后日不如,回头枇栉脱,转觉薄志疏。

---

① 《乐府诗集》载《子夜歌》四十二首,其中"恃爱如欲进"、"朝日照绮窗"二首《玉台新咏》题作梁武帝诗,二首与他诗作风迥异,郭书误录无疑。其余作风不似歌谣者尚多。
② 《乐府诗集》作"玉林",从《古乐府》改正。

上例(一)是男子词(二)是女子答。后诗第一句答前诗第四句,第二句答前诗第三句,三四答前诗一二。(三)是女子词(四)是男子答。两诗同以布匹之匹喻匹配之匹,词意恰恰相应。(五)(六)也是情人的对话,(五)是倡,(六)是答,不过何首属男,何首属女,却不显明。前诗"玉床"、"石阙"都代替"碑"字。和《读曲歌》"伏龟语石板"一句相同。"碑"与"悲"同音。崎岖已度,风云始通,正是苦尽甘来的时候,为什么又同有悲思呢?欲明其故须看答诗。答诗第一句"欢"、"别"两字不能连读,别无欢理。这句诗是说欢罢又别,看下文才能明白。"明灯照空局"就是说"不见棋","不见棋"也就是"未有期","期"、"棋"同音,隐语双关。前诗"始获风云通"一句是后诗"欢"字的注脚,后诗"别"字又是前诗"悲思两心同"一句的注脚,所以两诗必须合看,不能分割。(七)是女子词,以黄檗的苦心喻相思的苦心。(八)是男子答词,黄檗之外又添用一个比喻,以"莲"隐"怜"。是说彼此历经困苦,才得一次相怜(爱)的机会,也就是说不经困苦就不能得此机会,语气之间有感叹,也有慰勉。这两首诗也必须合看。(九)男或女词,(十)女或男答。前诗"打金侧玳瑁",是说金箔镶嵌在玳瑁上,"箔"与"薄"同音双关。"外艳里薄"表面上说的是金,骨子里说的是人——薄情郎或负心女。这是责怨对方情衰的诗。答诗直认不讳,且针锋相对,毫不躲闪。第三句隐着一个"梳"字,"梳"、"疏"同音。梳篦日久变疏,本不足怪,人情渐疏不也很自然么?这意思和《读曲歌》"君行负情事,那得厚相于,麻纸语三葛,我薄汝粗疏"相似。这两首也是分割不开。

下面再从《子夜四时歌》举例:

春　歌

（一）妖冶颜荡骀，景色复多媚，温风入南牖，织妇怀春意。

（二）朝日照北林①，初花锦绣色，谁能不相思，独在机中织。

（三）自从别欢后，叹音不绝响，黄蘗向春生，苦心随日长。

（四）昔别雁集渚，今还燕巢梁，敢辞岁月久？但使逢春阳。

夏　歌

（一）高堂不作壁，招取四面风，吹欢罗裳开，动侬含笑容。

（二）反覆华簟上，屏帐了不施，郎君未可前，待我整容仪！

（三）春倾桑叶尽，夏开蚕务毕，昼夜理机缚，知欲早成匹。

（四）田蚕事已毕，思妇犹苦身，当暑理絺服，持寄与行人。

秋　歌

（一）风清觉时凉，明月天色高，佳人理寒服，万结砧杵劳。

（二）白露朝夕生，秋风凄长夜，忆郎须寒服，乘月捣白素。

（三）开窗秋月光，灭烛解罗裳，合笑帷幌里，举体蕙兰香。

---

① 此用曹植诗句。《乐府诗集》作"明月照桂林"，春歌而言桂花，显有误，花作锦绣色亦不似月下光景，据《玉台》改正。

（四）凉秋开窗寝，斜月垂光照，中宵无人语，罗幌有双笑。

冬　歌

（一）渊水厚三尺，素雪覆千里，我心如松柏，君情复何似？
（二）未尝经辛苦，无故强相矜，欲知千里寒，但看井水冰。
（三）何处结同心？西陵松柏下。晃荡无四壁，严霜冻杀我。
（四）蹑履步荒林，萧索悲人情，一唱泰始乐，枯草舍花生。

春歌（一）男子词，意谓这样的季节，织妇的情思该有点异样了吧！（二）女子答：正是如此。（第三句《玉台新咏》作"谁能春不思"，语气更相应。）（三）女子词，是"道苦"之诗。（四）男子答：别离的日子虽不少，能及时而归也就可慰了。夏歌（一）男子词，（二）女子答。后诗"整容仪"三字从前诗"罗裳开"三字来。（三）男子词，（四）女子答。和下面秋歌（一）（二）两首同类。秋歌（三）（四）是子夜歌群中最艳的诗，前一首似当属男子，"蕙兰香"似是对女子的赞美。冬歌（一）是女子词，（二）是男子答。"相矜"指前诗"我心"两句说。（三）女子词，（四）男子答。"荒林"即指"西陵松柏下"，"一唱"两句答前诗"晃荡"两句。

在《子夜歌》和《子夜四时歌》里还有十几组（以一赠一答为一组）的诗可以做例，如"宿昔不梳头"和"自从别欢来"，"朝思出门前"和"别后涕流连"，"遣信欢不来"和"怜欢好情怀"，"年少当及时"和"侬年不及时"，"夜长不得眠"和"夜长百思缠"，"春园花就黄"和"碧楼冥初月"，"开春初无欢"和"春别犹眷恋"，"青春盖渌水"和"春桃初发红","秋风入窗里"和"鸿雁搴南去","昔别春草绿"和"寒鸟依高树","适见三阳日"和"严霜白草木"等首,赠答之意都很显著。此外有十几首也可能是赠答诗,但欠明显,征引从略。

这种赠答的形式间或也见于当时文人的模仿作品里,如谢灵运的《东阳溪中赠答》二首:

> 可怜谁家妇,缘流洒素足,明月在云间,迢迢不可得。
> 可怜谁家郎,缘流乘素舸。但问情若为,月就云中堕。

这两首诗自是模仿当时江南的民歌,在谢集中很显得别致,被选录在《玉台新咏》卷十。《玉台新咏》同卷又有梁武帝①《欢闻歌》二首:

> 艳艳金楼女,心如玉池莲,持底报郎恩?俱期游梵天。
> 南有相思木,合影②复同心,游女不可求,谁能息空阴?

这两首也是赠答。《乐府诗集》《欢闻歌》里收第一首,第二首放在《欢闻变歌》里。左克明《古乐府》只载第二首,也题作《欢闻歌》。徐陵并录这两首诗,或者也见出它们互相关应之处罢?《欢闻歌》也是吴声歌曲,也许这歌原来就是赠答体,梁武帝这两首也许正是保存原式。

---

① 《乐府诗集》作王金珠诗,《古乐府》同。
② 《玉台》原作"含情复同心",似非,此从《乐府诗集》及《古乐府》。

这类少数例子,或有人以为是偶然巧合,但如《子夜歌》里属于赠答形式的既然那么多,就不会是偶然了。我们觉得有理由相信《子夜歌》原来都是男女赠答之词,不但《子夜歌》,从上面所举的例子看来,《前溪歌》也正是如此。

一九四七年,二月。

谈《西洲曲》

忆梅下西洲,折梅寄江北。单衫杏子红(一作"黄"),双鬓鸦雏色。西洲在何处?两桨桥头渡。日暮伯劳飞,风吹乌桕树。树下即门前,门中露翠钿。开门郎不至,出门采红莲。采莲南塘秋,莲花过人头。低头弄莲子,莲子清如水。置莲怀袖中,莲心彻底红。忆郎郎不至,仰首望飞鸿。鸿飞满西洲,望郎上青楼;楼高望不见,尽日阑干头。阑干十二曲,垂手明如玉。卷帘天自高,海水摇空绿。"海水梦悠悠,君愁我亦愁。南风知我意,吹梦到西洲。"

上面这首《西洲曲》,《乐府诗集》收在杂曲歌辞里,题为"古辞"。《玉台新咏》作江淹诗,但宋本不载。明清人的古诗选本或题"晋辞",或归之于梁武帝。这诗可能原是"街陌谣讴",后经文人修饰,郭茂倩将它列于杂曲古辞,必有所据。郭书不曾注明这诗产生的时代,猜想可能和江淹、梁武帝同时。我们看《子夜》诸歌都不能这样流丽,《西洲曲》自然产生在后,说它是晋辞,似乎嫌太早些。至于产生的地域,该和清商曲的《西曲歌》相同,从温庭筠的《西洲曲》辞"西洲风色好,遥见武昌楼"两句可以推见。

这首诗表面看来是几首绝句联接而成,其实是两句一截。因为多用"接字"或"钩句",产生一种特殊的节奏,因而有一种特殊的姿致。《古诗归》说它"声情摇曳而纡回",《古诗源》说它"续续相生,连跗接萼,摇曳无穷,情味愈出",这是每个读者都能感到的。不过有些句子意义若断若联,诗中所云不能让人一目了然,读者来理解它,不免要用几分猜度,因之解释就有了纷歧。有人说这诗是若干短章的拼合,内容未必是完整统一的。这话我却不敢信,因为诗的起讫都提到"西洲",中间也一再提到"西洲",分明首尾可以贯串,全篇必然是一个整体,且必然道着一个与西洲有关的故事。

近来《申报》《文史副刊》有游国恩先生和叶玉华先生讨论《西洲曲》的文章,他们对这诗的解释有很大的差异。游先生说从开头到"海水摇空绿"句都是一个男子的口气,写他正在忆着梅(可能是女子的名或姓)而想到西洲(她的住处在江南)去的时候,恰巧他的情人寄了一枝梅花到江北(他的住处)来,因而忆及她的仪容,家门,服饰,生活和心绪。末尾四句改作女子的口气,自道她的心事,希望"向南的风"将他的梦吹到西洲。叶先生说全诗都是女子的口吻,她忆想的情郎居西洲,而西洲即在江北。她自己在江的南岸。她同她的情郎欢晤是在梅花季节,他离开她到西洲去了,不易会面,又到梅开的时候,她折梅请人寄交他。篇末是说她希望自己的梦云被南风吹向情郎的住处。游、叶两先生所见恰恰相反,而各能自圆其说,这是很有趣的,教人想起"诗无达诂"那句老话来。

我对于这篇诗的了解和他们两位又有许多不同的地方,现在也来妄谈一番。

一、说"忆梅下西洲,折梅寄江北"。游、叶两先生都将第一句里的这个"下"字解作"思君不见下渝州"的下,因而兜了小小的圈子。叶先生把"忆"与"下"分属男女两方,游先生也把"忆"和"寄"分属男女两方,都是不得已,都是从"下"字的解释生出来的一点勉强。我以为这"下"字是"洞庭波兮木叶下"的下,就是落。它属梅不属人。西洲必是诗中男女共同纪念的地方,落梅时节必是他们共同纪念的时节。这两句诗是说一个女子忆起梅落西洲那一个可纪念的时节,便折一枝梅花寄给现居江北的情人,来唤起他相同的记忆。句中省略了主词,主词不是"我"而是"她",这两句不是男子或女子自己的口气,而是作者或歌者叙述的口气。

也许有人要问这样解释时第一句岂不成了上一下四句法,会不会有害诗的音调呢?我说不会,这样的上一下四句念成上二下三还是很自然的。这种句法在乐府古诗里本属常见,例如《孔雀东南飞》篇"恐此事非奇"、"还必相迎取"、"因求假暂归"都是上一下四;曹操《蒿里行》"乃心在咸阳",蔡琰《悲愤诗》"欲共讨不详"也是上一下四,放在诗里读起来并不拗口。还有更适于拿来作比的句子,就是清商曲《那呵滩》的"闻欢下扬州",它和"忆梅下西洲"句法完全相同,那也是南朝的民歌呀。

二、说"单衫杏子红,双鬓鸦雏色"。《西洲曲》本是写"四季相思",这话游先生也说了。诗中有些表明季节的句子,如"折梅寄江北"、"出门采红莲"、"采莲南塘秋"、"低头弄莲子"、"仰首望飞鸿"和"卷帘天自高"都是一望而知的;另外还有几句,表季节的意思不很显明,容易被忽略过去,像这"单衫"两句就是。

上文说这诗是两句一截,这一点和这两句诗的了解便有关系。假如把开头四句一气念下,便不知不觉地将后两句的意思过于紧密地连向上文,以为这是对寄梅人容貌服装的描写。但是着单衫的时候离开寄梅的时候已经很远,梅是冬春的花,在长江附近最迟阴历二月就开完了,单衫却是春夏之交的服装。在同一句中从"杏子红"三字也见出季节,杏儿红熟的时候不正是春夏之交么?不但这一句,下句的"鸦雏色"何尝不表明同一季节?鸦雏出世可不也正是春夏之交么?所以这两句诗的作用不但是点明诗中的主角,而且表示自春徂夏的时节变迁。

三、说"日暮伯劳飞,风吹乌桕树"。"伯劳飞"三个字也表示时节的变迁。《礼记·月令》说:"仲夏䴗始鸣",䴗就是伯劳。这一句表明时间进入五月了。下面写"采红莲"是六月,"南塘秋"是初秋,因为还有"莲花过人头","弄莲子"便到八月,"鸿飞满西洲"则是深秋景象了。全诗写时间是渐进的,假如没有"单衫"两句和"日暮伯劳飞"这一句,"折梅"和"采莲"之间便隔开太远,和采莲以后的时序叙述就不相称了。

"日暮伯劳飞"的意义自然不仅是表时序。《古微书》说"博劳好单栖",博劳也就是伯劳,那么岂不正可喻诗中主人的孤独?"日暮"是伯劳就栖的时间,下句说到树,树是伯劳栖息的地方,此树就在她的门前,由鸟及树,由树及门,由门及人,真是"相续相生"。这两句很容易被读者误认作闲句,事实上这首诗里并无闲句。

四、说"卷帘天自高,海水摇空绿"。上文说这诗写四季相思,其实也写日夜相思。"尽日阑干头""尽日"两字结束了白昼,一卷帘便又搭上了夜晚。为什么卷帘呢?自然因为"水晶帘外金波下""开帘欲与嫦娥亲"。天高气清,乍一开帘分外觉得,也许正是"帘开最明夜",纤云四卷,所以霜天如海。"海",本来没有海;"水",本不是真水,所以绿成了"空绿"。(说"空绿"是杜撰吗?民歌里就常有此类杜撰的好词。"海水摇空"可以连读却不必连读。)但为什么会"摇"呢?谁曾见天摇过来?这就先要明白这两句是倒装,摇是帘摇,隔帘见天倒真像海水滉漾,那竹帘的绿自然也加入天海的绿,待帘一卷起,这滉漾之感也就消失了,只觉得天高了。但滉漾虽然不溔漾,像海还是像的,这海比真海还要"悠悠",就拿它来比楼头思妇无穷无尽的相思梦罢。这时的景是"月明如练天如水",这时的情呢,正是"碧海青天夜夜心"啊。

五、说"南风知我意,吹梦到西洲"。先说"梦",这个"梦"不必泥定作梦寐的梦,白日梦也是梦,上文说"忆梅","忆郎","忆"就是梦。"低头弄莲子"是在梦着,"仰首望飞鸿"也是在梦着,"尽日阑干头"更是在梦着。西洲常在忆中,也就是常在梦中。西洲的事"我"不能忘,"君"又何尝能忘?"我"为忆(梦)西洲而愁,"君"亦何尝不然?那么在忆(梦)西洲的时候正是两情相通的时候,这忆(梦)虽苦,苦中也有甜在,整日的忆(梦),终年的忆(梦)不也很值得吗?然则南风是该感谢的,常常吹送我的梦忆向西洲去的正是它呀。

篇末四句当然是女子的口气,这四句以上却不妨都作为第三者的叙述,(旧诗文直接间接口气本不细分,但从"垂手明如玉"等句看来,作为第三者的叙述毕竟妥当些。)从第三者的叙述忽然变为诗中人物说话,在乐府诗中也是常见的。

最后,对于西洲在何处——江南还是江北——这一个问题试作解答:西洲固然不是诗中女子现在居住之地,也不是男子现在居住之地,它是另一个地方。西洲离江南岸并不远,既然两桨可渡,鸿飞可见,能说它远吗?"江北"可不见得近啊!要是近,就不会有这许多梦,许多愁,也就没有这首诗了。那么,西洲到底在哪儿?它不在江南是一定的了,难道也不在江北?是啊,它为什么不在江南就一定在江北呢?它何妨是一个名副其实的江中的洲呢?

不过,这么说,倒好像在逃避问题,又好像有意在走游、叶两先生的"中间路线"了。

一九四八,五,二十五。

论蔡琰《悲愤诗》

相传属于蔡琰的三首诗,除《胡笳十八拍》后人多指为假托,已成定论外,其余被称作《悲愤诗》的两首,虽然载在正史,读者也并不全信。不过引起问题的只是其中五言的一首,对于骚体的一篇似乎向少疑问。苏轼《仇池笔记》"拟作"条云:

> 《列女传》蔡琰二诗明白感慨,颇类《木兰诗》,东京无此格也。建安七子犹含蓄不尽发见,况伯喈女乎?琰之流离必在父殁之后,董卓既诛,伯喈乃遇祸,此诗乃云董卓所驱虏入胡,尤知非真也。盖范晔荒陋,遂载之本传。

苏氏虽同时提到这两首诗,其怀疑论实在只对五言一首而发。其后胡应麟《诗薮》但称文姬骚体,不及五言,似以五言一首为伪作。许学夷《诗源辨体》也独信骚体一章。郑振铎先生《中国文学史》道:

> 细读二诗,楚歌体的文字最浑朴,最简单,最着意于炼句造语,……没有一句空言废话。确是最适合于琰的悲愤的口吻。琰如果有诗的话,则这一首当然是她写的无疑。琰在学者的家门,古典的气习极重;当然极有采用了这个诗体的可

能。至于五言体的一首,在字句上便大增形容的了。……且琰父邕原在董卓门下,终以卓党之故被杀;琰为了父故,似未便那末痛斥卓吧?……

两首《悲愤诗》叙写颇不一致,其中如有一首可信,另一首就很可疑。关于两诗的真伪是本文所要讨论的,但在讨论之前有一件重要的工作要做,就是弄明白它的本事。否则,讨论起来没有较切实的依据,也就不能有可靠的结论了。

蔡琰被掳的经过,范晔《后汉书》叙述不详。《董祀妻传》云:

> 夫亡无子,归宁于家。① 兴平中,天下丧乱,文姬为胡骑所获,没于南匈奴左贤王。在胡中十二年,生二子。曹操素与邕善,痛其无嗣,乃遣使者以金璧赎之,而重嫁于祀。……后感伤乱离,追怀悲愤,作诗二章。

关于蔡琰被什么军队所掳,以及如何流落到南匈奴,本传都没有交代,因此后人纷作揣测。沈钦韩云:

> 《南匈奴传》:"灵帝崩,天下大乱,於扶罗单于将数千骑与白波贼合寇河内诸郡。"《魏志》:"初平三年,太祖击匈奴於夫罗于内黄,大破之。……四年春,袁术引军入陈留,屯封丘。黑山余贼及於夫罗等佐之。"据史则匈奴曾寇陈留,文姬所以没也。玩文姬诗词,则其被掠在山东牧守兴兵讨卓。卓劫帝

---

① 《后汉书·蔡邕传》云:"蔡邕……陈留圉人也。"

入长安,遣将徐荣、李蒙四出侵掠。文姬为羌胡所得,后乃流落至南匈奴也。……此当为初平年事,传云兴平非也。

何焯云:

《董卓传》:"卓以牛辅子壻,素所亲信,使以兵屯陕辅。分遣其校尉李傕、郭汜、张济击破河南尹朱儁于中牟,因略陈留、颍川诸县,杀掠男女,所过无复遗类。"文姬流离当在此时。

王先谦《后汉书集解》并引沈、何两说,不置可否。但沈说和蔡诗、范史显有不合的地方,诗中明说"卓众来东下",而於夫罗和董卓并无关系;传文明说"兴平中没于南匈奴",而於夫罗到陈留不在兴平。如以本传"兴平"两字是"初平"之误,那就太武断了。何焯的假定就合理得多。李、郭等本是董卓的部属,而董卓所部本多羌氏。《后汉书·董卓传》云:

六年,征卓为少府,不肯就,上书言:"所将湟中义从及秦胡兵皆诣臣曰:'牢直不毕,廪赐断绝,妻子饥冻。'牵挽臣车,使不得行。羌胡敝肠狗态,臣不能禁止。"

李傕军中杂有羌胡,也见于记载,袁宏《后汉纪·献帝纪》云:

于是李傕召羌胡数千人,先以御物缯采与之,许以宫人妇女,欲令攻郭汜。

蔡琰必是被掳于李、郭等军中的羌胡，所以诗中说"卓众来东下"，又说"来兵皆胡羌"。董卓所部抄掠陈留，于史可稽的也只有李、郭等东下这一回。《后汉纪·献帝纪》载其事云：

> （初平）三年春正月，丁丑，大赦天下。牛辅遣李傕、郭氾、张偡、贾诩出兵击关东，先向孙坚。坚移屯梁东，大为傕等所破。坚率千骑溃围而去。复相合，战于阳人，大破傕军。傕遂掠至陈留、颍川。

据此，李、郭等劫掠陈留在初平三年，和蔡琰本传所云"兴平中"仍然不合，而且和南匈奴也没有关系，这是何说启人疑窦的地方。其实何氏并未说错，不过只道着一半罢了。蔡琰从李、郭军到南匈奴部是经过一次转手的，关键是李傕等和南匈奴左贤王的一次战争。《后汉书·献帝纪》云：

> 壬申，幸曹阳，露次田中。杨奉、董承引白波帅胡才、李乐、韩暹及匈奴左贤王去卑率师奉迎，与李傕等战，破之。

《董卓传》和《南匈奴传》也记载这件事，不过称去卑为右贤王。《后汉纪·献帝纪》云：

> 董承、杨奉间使至河东，招故白波帅李乐、韩暹、胡才及匈奴右贤王去卑，率其众来，与傕等战，大破之，斩首数千级。

也称右贤王，去卑的称号该是"右贤"或"左贤"且不去管它，可注意的是南匈奴军和李傕、郭汜打了这么一回仗,获得不小的胜利。李、郭军中的子女玉帛在这时转移到胜利者手中是当然的。这一件事范晔和袁宏都叙在兴平二年十一月,和《董祀妻传》记琰没入南匈奴之年正相符合。蔡琰就在这次战争中由李、郭军转入南匈奴军,最为可能。所以蔡琰被虏的事实,原分两段:初平三年在陈留被李傕等军中的羌胡驱掠入关,到兴平二年冬脱离,是第一段;从兴平二年冬流入南匈奴,到十二年后被赎,是第二段。明白了全部事实,从前的种种纷纭都可以理清了。

从上引《后汉纪·献帝纪》文,又知道南匈奴左(或右)贤王去卑本居河东。这一支匈奴人是汉灵帝时从於夫罗单于流亡到内地来的,其居留地是河东平阳(今山西临汾附近)。①《南匈奴传》云:

> 建安元年,帝自长安东归。右贤王去卑……侍卫天子……及车驾还洛阳,又迁都许,然后归国。二十一年,单于来朝,曹操因留于邺而遣去卑归监其国焉。

李贤于"归国"下注云:"谓归河东平阳也。"又于"留于邺"下注云:"留呼厨泉于邺而遣去卑归平阳监其五部国。"可知这一部分的匈奴后来仍住平阳,未尝迁移。蔡琰本传说她在胡中十二年,生二子,然后被曹操赎还,所谓"胡中"就是平阳,并非塞外。从兴平二年起历十二年,是建安十一年。这一年春天曹操征高幹,取道河内

---

① 《南匈奴传》云:"持至尸逐侯单于於扶罗中平五年立,国人杀其父者遂畔,共立须卜骨都侯为单于,而於扶罗诣阙自讼。会灵帝崩,天下大乱。……复欲归国,国人不受。乃止河东。"注:"遂止河东平阳也。"

的羊肠坂①,北上太行,攻围壶关。行军所到的地方离平阳不远。高幹曾投奔南匈奴求助,被拒绝。曹操或在这时和南匈奴通信使,得知蔡琰下落,因而赎还。

蔡琰在胡中十二年,和她同居生子的是何等人,已无法知道。但从文姬可以用金璧赎取这一点推测,她不像是单于或胡王的妃妾。从诗中"有客从外来,闻之常欢喜,迎问其消息,辄复非乡里"等句想像她的生活,也不像是深居高供的人。以常情论,蔡琰在胡中如果身分高贵,享奉优裕,她自己也未必肯回乡改嫁了。

关于蔡琰被虏入胡到被赎,可以考知和可以揣测的情形,大略如上,较之前人所知道的事实稍稍有所增加,这时来辨证两首《悲愤诗》的真伪便可以有一些新依据了。我以为蔡琰如曾做诗来写她的悲愤,可信的倒是五言这一首,而骚体一首断然非真,因为五言《悲愤诗》所叙事实一一和史籍相合,而骚体一首的描写不切于实际的情景。且看下列诗句:

> 惟彼方兮远阳精,阴气凝兮雪夏零,沙漠壅兮尘冥冥,有草木兮春不荣。

这样写来,直以蔡琰所居的胡中为穷北荒漠之地。那里是南匈奴的景象?更何尝是去卑一支所住的河东平阳的景象?五言《悲愤诗》只说"处所多霜雪,胡风春夏起",便觉毫无夸张。再看:

> 岁聿暮兮时迈征,夜悠长兮禁门扃,不能寐兮起屏营,登

---

① 参看黄节《汉魏乐府风笺》曹操《苦寒行》注。

> 胡殿兮临广庭。
>
> 乐人兴兮弹琴筝，音相和兮悲且清。

从这些诗句见出作者想像蔡琰在胡中的生活是居宫庭，娱丝竹，简直似乌孙公主、王昭君的身分了，又岂合于事实？又如：

> 身执略兮西入关，历险阻兮之羌蛮。

二句，称匈奴为"羌蛮"，且似谓蔡琰被虏于羌，直至其国，显然是错误。如这诗出蔡琰手笔，怎么会有这许多不真实的叙写呢？五言一篇就没有这些破绽，其写情的部分又深切感人，远过骚体，确有如陈祚明所谓"他人所不能言"者。范晔称为琰作，自属可信。

现在不妨将怀疑的意见拿来研究了。苏氏以为蔡琰被虏必在父死之后，上文所考事实已经证明其不确。他只根据本传"兴平中"云云来揣想事实，绝不曾想到蔡琰的流离还有兴平以前的一段。后来阎百诗却相信苏说，《尚书古文疏证》卷五十下云：

> 予尝谓事有实证，有虚会，……如东坡谓蔡琰二诗东京无此格，此虚会也；谓琰流落在董卓既诛之后，今诗乃云为董卓所驱掠入胡，尤知非真，此实证也。传本云兴平中天下丧乱，文姬为胡骑所获，没于胡中者十二年，始赎归。兴平凡二年，甲戌、乙亥，距卓诛于初平三年壬申已后两三载，坡说是也。

阎氏这里的论证远不如平时考经细心，他受了东坡的影响，有了"《悲愤诗》非真"的先入之见，所以一见诗中叙事和本传不合，便立刻据史驳诗,全不想传文那样简单,如何能包括全部事实?诗纵使是别人所作,也不见得不据事实。读者正该注意诗和传的参差,参考其他资料来判明其所以然,看诗和传的叙事是否可以互相补充。不应在事实未判明之前遽下断语,抹煞一方面。苏、阎二氏的疏忽由于被成见蒙蔽了。

再看苏氏"虚会"之处。他说《悲愤诗》"明白感慨,东京无此格",亦属武断得很,试看同时曹操有《薤露行》、《蒿里行》,王粲有《七哀诗》,阮瑀有"驾出郭北门行",无名氏有《孔雀东南飞》,可知叙事、写实,五言正是当时普遍流行的诗体。如果说五言《悲愤诗》不该产生在这段时间里,那么在建安之后、范晔著史之前,放在哪一段时间里才更合式呢?在汉末与刘宋之间又有什么作品比《七哀》或《孔雀东南飞》之类更和《悲愤诗》相似呢?何义门《读书记》云:"《春渚记闻》载东坡手帖云:'史载文姬两诗,特为俊伟,非独为妇人之奇,乃伯喈所不逮。'当是公晚年语耳。"苏氏前后议论矛盾如此,《仇池笔记》或者不可靠吧?

至于郑振铎先生所提出的疑问,其本身似乎很可以引起疑问,他说骚体一篇是浑朴简单、字句锻炼的诗,最适合于蔡琰的口吻,但为什么像五言一篇"激昂酸楚"(沈德潜语)、"局阵恢张"(张玉穀语)的诗就不适合于她的口吻呢?如说写悲愤的诗只可浑朴简单,岂不和东坡认建安诗不能"明白感慨"同样无据?他说生于学者家门的蔡琰,极有采用古典的骚体的可能,然而为什么饱经世患,"流离成鄙贱"的蔡琰就没有采用当时流行的五言体的可能?蔡邕不也做五言诗么?他说蔡邕以卓党被杀,蔡琰不应痛斥董卓。蔡邕应否列为"卓党",固然大可商酌;即可算做卓党,蔡琰身受"卓众"的蹂躏到那种程度,难道还能隐忍不言?难道还要看父亲面上为董卓遮盖？这岂不太出于情理之外？

总之，对五言《悲愤诗》虽有人提出疑难，其实都是容易解决的，决不能动摇蔡琰的著作权。此外关于蔡邕父女的传记还有两个小问题，和蔡琰诗多少有些牵连，不妨附带讨论一下。

第一是蔡邕有无后嗣的问题。《悲愤诗》说"既至家人尽"，本传说蔡邕"无嗣"，恰相符合，但《世说·轻诋》篇注引《蔡充别传》说蔡充的祖父蔡睦是蔡邕之孙。《晋书·羊祜传》说羊祜是蔡邕的外孙，又称蔡袭为羊祜的"舅子"。那么蔡邕至少有两孙，一名睦，一名袭。范晔说他无嗣，岂非错误？范晔说错了还不碍紧，蔡琰所云"家人尽"岂非同样失真？有了这一个破绽，此诗岂不也蒙赝鼎的嫌疑？这里的问题其实包括两件事：一是蔡邕有无子孙的考定；一是"既至家人尽"这句诗的解释。前者是缠讼已久的案子，一时恐难判决，但范晔未必处在不利的地位。《晋书·蔡豹传》说蔡睦是蔡邕的叔父蔡质之孙，和《蔡充别传》不同，《别传》不一定可据。《晋书·羊祜传》所谓"舅子"依侯康《后汉书补注续》说"非必即邕之孙，虽从孙亦得蒙此称也"。那么，范晔错不错现在还不能论定。即使范晔错了，蔡琰这首诗也不一定非受连累不可，因为"家人尽"不一定就是说死亡无余，也可能是说流散殆尽。何况经多年流离隔绝，蔡琰如有"家人"在远方，当时她尽可以不知而误以为"尽"，这并非情理所无的事啊。

第二是蔡琰是否在陈留被虏的问题。王先谦《后汉书集解校补》云：

> 案本传言文姬归宁于家，为胡骑所获。疑本于路被留，并未抵家也。邕文字亦无言及其家被祸者。

这一个假定如果能成立,蔡琰被虏是否与李傕等有关就成问题,而《悲愤诗》本事的考定就要重起炉灶了。但传文"兴平中,天下丧乱"云云叙在"归宁于家"之后。"归宁于家"一句语气业已顿住,其事亦必在兴平以前。对于这一节文字的解释似不当如"校补"所说。至于蔡邕文字无言其家被祸一层,也很容易解释。一则李、郭等抄掠陈留时在初平三年春,邕于长安被杀在同年夏四月,空间距离很远,时间距离极近,消息传不了那么快。何况干戈遍地,又非平时可比。文姬被虏曾经过长安,尚且不能知道父死消息①,蔡邕不能知道其家被祸又有什么可怪?二则据《蔡邕传》,他的著述因李傕之乱颇有湮没,不尽流传,又如何能因为不见于他的文字,就断为并无其事?《校补》所疑,根据太薄弱了,当然也不能影响《悲愤诗》的辨证。

---

① 由诗中"感时念父母"句可知。

建安诗人代表曹植(一九二至二三一)

一

曹植的文学创作生活,如果从他十九岁(二一二)做《铜雀台赋》算起,共有二十二年,其初十年正当汉献帝建安时代的后半,所以他也是"建安诗人"之一。

建安时代是怎样的时代呢?

这时代正当大规模农民起义冲破了旧社会的秩序之后,帝王的权威垮了,地方官吏与豪右各各招兵买马,乘机扩张势力,成了军人割据,"群雄"逐鹿的局面。"群雄"之中有的属于强宗世族,如袁绍;有的是寒门小族出身,如曹操。他们属于统治阶级内部的两个社会阶层。在东汉末叶,后一个阶层已经走上政治舞台,成为新兴势力,和前一个阶层发生矛盾。黄巾起义的时候,这两个阶层暂时团结起来镇压农民,后来重又展开斗争。在曹操挟天子令诸侯,控制政权以后,新兴阶层取得一时的大胜利。曹操在政治、经济各方面的设施,都不顾东汉以来的传统,决心压抑世族。他的用人标准是"唯才是举",取消了家世门第的限制。他的屯田制度是没收抛荒的土地改为公田,其中包括流亡大地主的土地。这些新政和人民的愿望是有符合之处的。曹操深知道如要巩固他的政权,**必须抚辑流亡,恢复生产**。要达到这个目的就得相当照顾人民的要求,所以他的口号是"爱民",他的政策是减轻剥削,限制豪强兼并,使丧乱时代饱经忧患的人民舒一口气。因为曹操能执行这些向人民让步的政策,终于战胜袁绍等旧势力的武装,建立新兴阶层的统治。

君主失权和大地主失势也就是旧统治势力垮台,因而旧统治阶层所提倡的儒学也失掉拘束人心的力量,所以这时代又是思想得到一定程度的解放,个性得到发展的时代,从当时的抒情诗歌就可以见出。新兴阶层的知识分子早就放弃了经术,他们除治国用兵之学以外,特别重视文学,他们发展了文学。

作家解脱了儒家思想的束缚是这时代文学发展的一个因素,但更重要的因素却是从民间文学吸取了滋养。这时的新兴阶层的文人熟悉西汉以来逐渐丰富起来的乐府民歌,通过这些乐府民歌领略到民间文学的优美。因而他们自己的作品,无论内容和形式都受到很大的影响。

建安文学的中心在邺下。曹氏父子是重视文学的,当时邺下成为新兴阶层文人荟萃的地方,在曹氏领导之下形成一个集团。这个集团所产生的文学有其共同的特征,显出相当的进步性。曹植是这个集团的代表人物,从他的作品就可以见出那时代的文学特征和进步性。

二

曹植生在大动荡时代,他自己说是"生于乱,长于军"。但在他能懂事的年纪,中原已经大略安定(曹操消灭他的最大敌人袁绍,开始取得邺城做根据地的那年,曹植正十三岁)。他在有文学气氛的家庭里受教养,十岁时已经能诵读诗论辞赋数十万言。十九岁做《铜雀台赋》,开始显露他的文学才能。次年受封平原侯。同年跟随曹操西征马超,路过洛阳,做了一篇《洛阳赋》(仅存四句)。又有两首五言诗送他的朋友,诗人应场,在第一首里描写了残破的洛阳,是他为时代的灾难所留影像之一。

> 步登北芒阪,遥望洛阳山。洛阳何寂寞,宫室尽烧焚。垣墙皆顿擗,荆棘上参天。不见旧耆老,但睹新少年。侧足无行径,荒畴不复田。游子久不归,不识陌与阡。中野何萧条,千里无人烟。念我平生亲,气结不能言。

可以和这一首对照着看的是《名都篇》,以繁盛时期的洛阳为背景,暴露都市里贵游子弟的腐化生活,也是有现实性的作品。至于他个人青年时期的生活却须从《公宴》、《斗鸡》、《侍太子座》等篇去看,这些是所谓"怜风月,狎池苑"的诗,是他在邺城度过的安逸生活的留影,也是邺下诗人集团生活的留影。大约在建安十六年到二十二年之间,曹植和他的哥哥曹丕以及一班幕僚兼朋友,王粲、徐幹、应场、刘桢、陈琳、阮瑀等人常常聚会,"出则连舆,止则接席……酒酣耳热,仰而赋诗"(曹丕《与吴质书》)。他们互相赠答,或一题分咏。这种情形是以往作家所少有的。

他们最常用的文学形式是五言诗。这是从乐府歌谣发展出来的新诗体。这种诗体到汉末三国才开始普遍起来,尤其是邺下诗人大量采用,曹植用的更多。比起四言诗来,五言是较进步的形式。表现这时代新的文学内容,正需要新的文学体裁。他们对于文学语言也有新的要求，深奥典雅和过于质朴的语言都不能满足这时代的作家了。

正因为五言诗是从民间来的通俗体，当时诗人写五言诗所用的语言比四言诗通俗得多。曹操、曹丕、王粲都是这样，曹植也是这样。不过有些作家，尤其是曹植的诗在语言上的加工是相当多的。他把通俗的语言再加提炼。原来这时的诗多少受到辞赋的影响。曹丕《典论·论文》说"诗赋欲丽"，正是当时的标准，曹植最能符合这个标准。不过辞赋对于这时五言诗的影响，比之于乐府的影响，那是微小得多的，前者只影响声律、对仗、词藻，影响的程度也并不很深，而后者却影响诗的精神。因此曹植的诗确如黄侃《诗品义疏》所说"文采缤纷而不离闾里歌谣之质"。我们可以举他的《美女篇》来说明：

> 美女妖且闲，采桑歧路间。柔条纷冉冉，落叶何翩翩。攘袖见素手，皓腕约金环。头上金爵钗，腰佩翠琅玕，明珠交玉体，珊瑚间木难。罗衣何飘飘，轻裾随风还。顾盼遗光采，长啸气若兰。行徒用息驾，休者以忘餐。借问女何居，乃在城南端。青楼临大路，高门结重关。容华耀朝日，谁不希令颜？媒氏何所营？玉帛不时安。佳人慕高义，求贤良独难。众人徒嗷嗷，安知彼所观？盛年处房室，中夜起长叹。

这一篇被人认为建安"修词之章"的代表，如拿来和汉乐府《陌上桑》《羽林郎》比较，词句更加精炼，但风调气息还是很相近的。所不同者，《陌上桑》《羽林郎》是叙事诗，《美女篇》却该算作抒情诗。作者显然不是以描写美女为目的而是在自抒胸臆。乐府本以叙事为主,建安文人的乐府诗也叙事,但更多的是个人抒情,这在曹植尤为显著,更清楚的例子是后来的《吁嗟行》、《薤露行》等篇。乐府诗用于个人抒情,实质上和一般的徒诗已经没有分别了。这是乐府诗的一大变化。

建安时代的抒情诗有一个特征,就是《文心雕龙》所说的"慷慨以任气"。"慷慨"是这时新兴阶层文人普遍的感情。曹植说他自己"雅好慷慨",在他的诗里也常见"慷慨"这两个字。慷慨一方面是社会不平所引起的悲愤,另一方面是立事立功的壮怀。曹操的《蒿里行》"白骨露于野,千里无鸡鸣。生民百无一,念之断人肠"是慷慨;《碣石篇》"老骥伏枥,志在千里。烈士暮年,壮心不已"也是慷慨。曹植有一篇《泰山梁甫行》:

> 八方各异气,千里殊风雨。剧哉边海民,寄身于草野。妻子像禽兽,行止依险阻。柴门何萧条,狐兔翔我宇。

这诗和上引送应氏诗同为"忧生之嗟",也是慷慨之音,表现同情疾苦的人道主义,正是建安诗的最可注意的特征。这首诗和王粲著名的"灞岸之篇"以及曹操、陈琳、阮瑀的一些叙事乐府有共同的精神,都是注目社会,反映现实。这种精神是从汉乐府一脉相承的。

曹植说:"烈士多悲心,小人偷自闲。"(《杂诗》)又说:"泛泊徒嗷嗷,谁知壮士忧?"(《鰕䱇篇》)认为烈士和壮士有一种慷慨之情为流俗所不能理会。烈士壮士的忧悲不全是关系个人的,上述从人道主义出发的是一种,从爱国主义出发的是又一种。曹植的《杂诗》说:"闲居非吾志,甘心赴国忧。"又说:"国仇亮不塞,甘心思丧元。"《白马篇》说:"长驱蹈匈奴,左顾陵鲜卑。弃身锋刃端,性命安可怀?父母且不顾,何言子与妻?名挂壮士籍,不得中顾私。捐躯赴国难,视死忽如归。"都是爱国的慷慨之言。他的《薤露行》说:

> 天地无终极,阴阳转相因,人居一世间,忽若风吹尘,愿得展功勤,输力于明君;怀此王佐才,慷慨独不群。鳞介尊神龙,走兽宗麒麟;虫兽犹知德,何况于士人!孔氏删诗书,王业粲已分。骋我径寸翰,流藻垂华芬。

这种恐惧生命短促,恐惧没世无闻,追求不朽,孜孜于乘时立业的思想,建安诗人大都有之。这正是新兴阶层文人积极向上的精神,正是他们不同于过去寄生阶级倡优式文人的地方。不过其结合爱国忧民的感情或多或少,不尽相同。如陈琳诗:"骋哉日月逝,年命将西倾。建功不及时,钟鼎何所铭!"(《游览》二首之一)还是个人的荣名之想。至于曹操的"不戚年往,忧时不治"(《秋胡行》)就和孔融一样,是"负其高气,志在靖乱"了。(语见《后汉书·孔融传》)曹植所谓"戮力上国,流惠下民"(《与杨修书》)也正是同样的怀抱。正因为如此,我们读他的"慷慨独不群"云云只感到"高气",而不会将它和狂生的大言等视。

曹植的"慷慨"是积极的、焕发的精神,构成其诗文的"骨气"。后人所推重的"建安风骨"也就是指这种精神。钟嵘《诗品》说曹植诗"骨气奇高,词采华茂,情兼雅怨,体被文质","文"就是词采,"质"就是骨气。沈约《宋书·谢灵运传论》所谓"以情纬文,以文被质"是建安诗的特征,这种特征表现在曹植的诗里尤其明显。

三

曹植的实际政治才能,未经考验,不晓得究竟怎样。但曹操认为曹植在他的诸儿之中"最可定大事",所以曾考虑立为太子。后来因为他失掉父亲的宠爱和信任,受任大事的机会也就没有了。二三零年曹丕受汉禅让,做了大魏皇帝,对一向被他猜忌的曹植就开始迫害。首先是剪除曹植的羽翼,杀掉一向拥护曹植的丁仪和丁廙。当时曹植自己也是俎上之肉,当然无法救他的朋友,但希望有别人来援手。这种心情表现在《野田黄雀行》:

> 高树多悲风,海水扬其波。利剑不在掌,结友何须多?不见篱间雀,见鹞自投罗?罗家见雀喜,少年见雀悲。拔剑捎罗网,黄雀得飞飞。飞飞摩苍天,来下谢少年。

这样"风波"喻险恶,"利剑"喻权力。"雀"喻被难的朋友,"少年"喻假想的有力来援救的人。当时作者自己也正似罗网里的黄雀,虽然保全性命,自由却丝毫没有。被遣就国之后,监国使者天天在旁找他的错儿,随时可以得罪。他的《离缴雁赋》所谓"挂微躯之轻翼,忽颓落而离群",《鹦鹉赋》"常戢心以怀惧,虽处安其若危",都是比况自己的处境和心情。黄初二年(曹丕即位第二年),监国使者果然控告他"饮酒悖慢,胁劫使者"。曹丕给他贬爵的处分。他的《乐府歌》:"胶漆至坚,浸之则离。皎皎素丝,随染色移。君不我弃,谗人所为。"表示对于监国使者的怨愤。《当墙欲高行》说得更痛切:

> 龙欲升天须浮云，人之仕进待中人。众口可以铄金，谗言三至，慈母不亲。愦愦俗间，不辨伪真。愿欲披心自说陈，君门以九重，道远河无津。

黄初四年，曹植和任城王曹彰、白马王曹彪一同入朝，曹彰到洛阳后不明不白地死了。曹彪回国，曹植希望和他同路东归（这时他的封地是雍丘），但监国使者不给他这个自由。他十分愤慨，写了有名的《赠白马王彪诗》七章。第三章"鸱枭鸣衡轭，豺狼当路衢，苍蝇间白黑，谗巧令亲疏"等句痛骂监国，最为愤激。第五章"奈何念同生，一往形不归……存者忽复过，亡殁身自衰。人生处一世，去若朝露晞，年在桑榆间，景响不能追。自顾非金石，咄唶令心悲"等句，从曹彰的暴死想到自己朝不保夕，又悲又怕，最为深痛，而第六章更能感人：

> 心悲动我神，弃置莫复陈！丈夫志四海，万里犹比邻。恩爱苟不亏，在远分日亲。何必同衾帱，然后展殷勤？忧思成疾疢，无乃儿女仁？仓猝骨肉情，能不怀苦辛！

这一章前面的话全是宽慰曹彪，嘱他不要悲伤，末后忽然又说要想不悲伤是办不到的。好像劝人停止啼哭，话还没说完自己倒哇的一声哭出来了，全是真情实感的自然表现。另有一首失题诗，写别离的伤感和畏祸的心情，大约也是这时所作：

> 双鹤俱远游，相失东海旁，雄飞窜北朔，雌惊赴南湘。弃我交颈欢，离别各异方。不惜万里道，但恐天网张。

曹丕死后曹叡继位,曹植的生活并未改善。他这时所感的痛苦,一是再三改封,居处不定;二是兄弟隔绝,不许交通;三是土地贫瘠,衣食不继;四是闲居坐废,功业无望。《迁都赋序》说:"余初封平原,转出临淄,中命鄄城,遂徙雍丘,改邑浚仪,而末适于东阿。号则六易,居实三迁。连遇瘠土,衣食不继。"因为几次改邑徙都,所以有漂泊之感,表现在《吁嗟篇》:

  吁嗟此转蓬,居世何独然!长去本根逝,夙夜无休闲。东西经七陌,南北越九阡,卒遇回风起,吹我入云间。自谓终天路,忽焉下沉渊。惊飙接我出,故归彼中田!当南而更北,谓东而反西,宕宕当何依,忽亡而复存。飘摇周八泽,连翩历五山,流转无恒处,谁知吾苦艰?愿为中林草,秋随野火燔,糜灭岂不痛?愿与根荄连。

这诗用转蓬自喻。其中"宕宕何依"、"飘摇"、"流转"的感觉还不是最痛苦的,更深的悲感是"长去本根"。原来明帝不许诸王入朝,曹植苦于"婚媾不通,兄弟永绝……恩纪之违甚于路人,隔阂之异殊于吴越"(《求通亲亲表》),骨肉之间生离等于死别,所以本篇末四句说得那么沉痛。

  文帝和明帝对待诸侯都极其苛薄,对曹植更甚。曹植自述贫困的情形又见于《转封东阿王谢表》:"桑田无业,左右贫穷,食裁餬口,形有裸露。"他的部曲既少,又多老弱,许多是"卧在床席,非糜不食,眼不能睹,气息裁属"的(《谏取诸国士息表》),当然不能有什么生产。不过比贫穷更难忍受的是生活的孤寂。《闲居赋》说:"何吾人之介特,去朋匹而无俦。出靡时以娱志,入无乐以消忧。"

可见其"块然独处"的烦闷。《白鹤赋》"伤本规之违忤,怅离群而独处,恒窜伏以穷栖,独哀鸣而戢羽"也正是自喻。他尤其不能甘心的是长此废弃,使建功立业的希望永远断绝。但他还想竭力争取,太和二年上书给明帝,要求让他"乘危蹈险,乘舟奋骊,突刃触矢,身先士卒",宁愿"身分蜀境,首悬吴阙",而不愿"禽息鸟视,终于白首",作"圈牢之养物"。但明帝也是疑忌他的,终不肯把他放出圈牢。

明帝的疑忌也不为无因。太和二年明帝幸长安的时候,洛阳竟发生谣言说皇帝死在长安,从驾群臣迎立曹植。(《三国志》注引《魏略》)足见曹植在当时臣民的心目中还大有威望,这对于曹植是不利的。他自己当然也知道这种关系,所以有一篇《怨诗行》,以周公自比,以周成王比明帝,感叹"为君诚不易,为臣良独难。忠信事不显,乃有见疑患",而希望有一天能像周公表明心迹,如"金縢"故事。但这想法是落空了,他只能郁郁到死。

曹植在忧谗畏讥的生活中有不少"讽君"之作,《怨诗行》、《七步诗》都是后人所熟悉的。此外如"明月照高楼"、"种葛南山下"、"浮萍寄清水"等篇,作怨女弃妇口吻,也都是有所托喻。这一类,在他的作品里也是艺术性较高的。他又有游仙诗多篇,其中有些也表现作者苦闷的感情,如《游仙》:"人生不满百,岁岁少欢娱,意欲奋六翮,排云凌紫虚。"《远游》:"九州不足步,愿得凌云翔,逍遥八纮外,游目历遐荒。"都是有激而发,并不是真的歌颂列仙之趣和追求奇幻的境界。曹植在《辨道论》里骂过方士,在《赠白马王彪诗》里又明白说出"虚无求列仙,松子久吾欺",可见他本不是迷信神仙的。

曹植在黄初以后的生活造成其诗歌的"抑扬怨哀"的一面,和他早年那些"不及世事,但美遨游"的作品成为鲜明的对照。

四

曹植是好大喜功的人,强烈地追求身后荣名。他的第一志愿是在政治上有所建树,立"经国之大业"。其次是在学说上有所贡献,"成一家之言",最后才是做一个文学家,"以翰墨为勋绩,辞赋为君子"。但究竟还算看得起文学,他相信文学也可以使人不朽,所以他在王佐事业上碰壁以后还是下决心"骋我径寸翰,流藻垂华芬"。

虽然做诗人是他的第三志愿,他却是第一个以诗为事业的人。诗终于使他不朽。

他的文学观念是进步的,他在《与杨德祖书》中曾说:"街谈巷说必有可采,击辕之歌有应风雅,匹夫之思未易轻弃。"他也熟习民间文艺,他曾对邯郸淳背诵"俳优小说数千言"(《三国志·王粲传》注引《魏略》),对于乐府民歌的欣赏更不消说。"通俗"是当时新兴阶层文人的进步倾向,在汉灵帝时已经如此,保守的,属于旧阶层的文人如蔡邕,就反对这种倾向。(详见《后汉书·蔡邕传》)这种倾向使曹植重视五言诗,用来做主要的文学形式。

他有很深的古典文学——诗、骚、赋、颂——的修养,这对于他提炼诗的语言有所帮助。但他是在乐府民歌的基础上来提炼,不是把诗骚赋颂移植到诗里来。所以他发展了乐府民歌,不是僵化了它。他把五言诗从"质木无文"发展到"词采华茂",是功绩,不是罪愆。至于后来陆机、颜延之等人受他的影响而走得太过,却不是他所应该负责的。

因为他所属的阶层在当时有一定程度的进步性,比较接近人民,又因为他自己在政治上是受压迫的,生活是艰辛的,自然产生对贫苦人民的同情,所以在诗里有人道主义的成分。

他在压迫之下并不颓丧,不放弃英雄事业的理想,始终意气慷慨,所以他的诗感情强烈,精神焕发,骨气奇高。

热情和壮志使他成为爱国者。他渴望统一,不忘平吴伐蜀,也关心边患,高呼"蹈匈奴"、"凌鲜卑"。以当时较进步的魏国来统一吴蜀是推进历史的合理办法,解除西北外族的威胁也是当时的迫切任务,所以他的口号不是黩武的,而是爱国的精神。这精神鲜明地表现在他的诗里。

不过,他所属的阶级究竟是剥削阶级,他的阶级出身不能不限制他。因而他的同情疾苦,反映社会的诗究竟是少数,多数作品是只关系他个人的。时代也限制他,他选择文学形式也不能完全放弃四言诗、辞赋等旧体,做了不少的假古董,不能彻底走革新的路。因此我们觉得锺嵘《诗品》说曹植在文学领域里的地位"如人伦之有周孔,鳞羽之有龙凤"稍嫌过分一些。但是话说回来,他毕竟是奠定五言诗基础的最大功臣,他的成就毕竟超过同时代的作者。当时文学的进步性在他的诗里表现得非常鲜明。他确实是建安诗人最适当的代表。我们既重视建安时代的诗,那能不重视这一个代表人物?

一九五一年八月二十五日

《乐府诗集》作家姓氏考异

比读郭茂倩《乐府诗集》,以涵芬楼影印汲古阁本与其他总集并各史志,专集,类书等互校之,其中夺失讹乱几乎无页无之。关于各诗及郭氏题解小序中字句之异同已另为校记,其章节编次之谬误及采录未当者亦将于另文论之。今但举书中作家姓氏缺漏而可于他书考见者,与夫本书已著姓氏而复与他书违异者条列于下,间下己意,正其得失。其证验不备,不能遽定其谁是谁非者,亦姑著其异同,以俟诸异日。

【第十三卷燕射歌辞第十一页】

《晋四厢乐歌正旦大会行礼歌》〔十五首〕
　　案《晋书·乐志》作成公绥,此失题,当据补。

【第十八卷鼓吹曲辞汉铙歌下第二页】

《临高台》("高台半行云"首)　简文帝
　　案《玉台新咏》七作梁武帝。

【第二十二卷横吹曲辞汉横吹曲第三页】

《出塞曲》 刘济
　　案《中兴间气集》下作刘湾,《唐文粹》十二同。此误。

【第二十七卷相和歌辞相和曲中第十页】

《对酒》("春水望桃花"首)　庾信
　　案《文苑英华》一九五作范荣。

【第二十八卷相和歌辞相和曲下第六页】

《陌上桑》("令月开和景"首)　王台卿
　　案《玉台》十作萧子显。

【同上】

《前题》("人传陌上桑"首)　王筠
　　案《汉魏六朝百三家集》载《王司空褒集》中。

【同上】

《前题》("日出秦楼明"首)　亡名氏
　　案《玉台》十作萧子显。左克明《古乐府》四作王筠。

【第二十九卷相和歌辞吟叹曲第四页】

《王昭君》("猗兰恩宠歇"首)
　　案此诗与庾信作相连,但庾集不载,疑非庾诗。

【同卷第七页】

　　前题〔二首〕　令狐楚
　　案第二首《全唐诗》十三作张仲素。

【同卷第十二页】

　　《王子乔》("子乔好轻举"首)　江淹
　　案此首《江文通集》不载。

【第三十二卷相和歌辞平调曲第一页】

　　《君子行》　古辞
　　案五臣本《文选》亦作古辞,《艺文类聚》四十一作曹植辞,景印宋十卷本曹集亦载之。

【同卷第四页】

　　《燕歌行》("四时推迁迅不停"首)　谢灵运
　　案此诗《谢康乐集》各本皆不载,《谢惠连集》载之,《艺文类聚》四十二引此诗正作惠连。此因与灵运诗相连而误。

【第三十三卷相和歌辞平调曲第十页】

《苦寒行》〔二首六解〕 魏文帝
　　案题下小序引《乐府解题》"晋乐奏魏武帝'北上'篇"云云，此"文"字当是"武"之误，《宋志》正作武帝辞，《艺文类聚》卷四十一作文帝，误也。

【第三十四卷相和歌辞清调曲第八页】

《相逢行》（"行行即长道"首） 谢惠连
　　案《艺文类聚》卷四十一作谢灵运

【第三十六卷相和歌辞瑟调曲第十页】

《善哉行》〔五解〕 魏武帝
　　案《宋志》作魏文帝辞。《古今乐录》引《荀氏录》作武帝，为本书所据。《古乐府》及《诗纪》并从《宋志》。此无以定。

【第三十七卷相和歌辞瑟调曲第四页】

《步出夏门行》〔二解〕 魏明帝
　　案《宋志》亦作明帝，《技录》云"《陇西行》歌武帝'碣石'、文帝'夏门'二篇"，是以此篇为文帝辞也。

【第三十八卷相和歌辞瑟调曲第一页】

《饮马长城窟行》("青青河畔草"首)　古辞

案《文选》亦作古辞,《玉台》一作蔡邕诗,《乐府解题》曰"或云蔡邕之辞"。黄晦闻先生《汉魏乐府风笺》云:"李善注云'此辞不知作者姓名'。案郦道元《水经注》云'余每读《琴操》见《琴慎相和雅歌录》云:饮马长城窟。及其跋涉斯途,远怀古事,始知信矣'。《琴操》为蔡邕所作而有是篇名,《乐府解题》谓或云蔡邕之词,于此盖可证矣。"此辞似本为歌谣二首,拼合入乐,观古诗有《青青河畔草》,又有《客从远方来》可知也。疑作古辞不误。以为蔡邕诗者,盖因《琴操》有是篇名而致误会。

【第三十九卷相和歌辞瑟调曲第六页】

《雁门太守行》("三月杨花合"首)　褚翔
　　案《艺文类聚》四十二作梁简文帝。

【同上第八页】

《艳歌何尝行》〔五解〕　魏文帝
　　案《宋志》作古辞。

【同上第十二页】

《煌煌京洛行》〔二首〕　鲍照
　　案第二首("南游偃师县"首)鲍集不载,《百三家集·梁简文帝集》中载之,题为《京洛篇》。以为《乐府》逸作者之名,或以为鲍诗者,皆非。此诗不类鲍体,疑归之简文不误。《艺文类聚》四十二引此正作简文。《古乐府》五仅载第一首。

【第四十卷相和歌辞瑟调曲第二页】

《门有车马客行》("门前车马客疑是故乡来"首)　何晏

案何晏应次陆机前,"晏"字必误,且诗亦不似魏人作,"寸心"二句用夜鹊南飞事,尤可证其非平叔诗也。《文苑英华》作何逊,《诗纪》作何妥,此"晏"字为"妥"之误。

【第四十二卷相和歌辞楚调曲第二页】

《怨歌行》("为君既不易"首)　曹植

案《艺文类聚》四十一亦作曹植,《技录》、《乐府解题》皆以为古辞。

【第四十三卷相和歌辞楚调曲第二页】

《班婕妤》("日落应门闭"首)　王叔英妻沈氏

案《玉台》八作徐悱妻刘氏。《艺文类聚》三十同。《南史·刘孝绰传》云:"其三妹一适琅玡王叔英,一适吴郡张嵊,一适东海徐悱。"《乐苑》云:"王叔英妻刘氏,刘缮女孝绰之妹。"据此则"沈"当为"刘"之误,其为王叔英妻或徐悱妻,则未可臆断。

【第四十四卷清商曲辞吴声歌曲第四页】

《子夜歌》〔四十二首〕　晋宋齐辞
　　案"恃爱如欲进"、"朝日照绮窗"二首,《玉台》十作梁武帝,《梁武帝集》亦载之。闻一多先生谓此二首与前诸歌作风迥异,郭书误录无疑。《子夜歌》本只四十首,适为成数,题中"二"字,亦后人妄增。

【同卷第十一页】

《子夜四时歌》〔八首〕　王金珠
　　案《春歌》"朱日光素水"首、"阶上香入怀"首、"吹漏不可停"首,《夏歌》"玉盘贮朱李"首,《玉台》十俱作梁武帝诗,《梁武帝集》亦载之。"阶上"首又见《艺文类聚》四十三,亦作梁武帝。

【第四十五卷清商曲辞吴声曲辞第三页】

《子夜变歌》("七采紫金柱"首)　王金珠
　　案《玉台》十作梁武帝《子夜秋歌》。

【同卷第四页】

《上声歌》("花色过桃杏"首)　王金珠
　　案《玉台》十作梁武帝。

【同卷第四页】

　　《欢闻歌》("艳艳金楼女"首)　王金珠
　　　案《玉台》十作梁武帝。

【同卷第五页】

　　《欢闻变歌》　王金珠
　　　案《玉台》十作梁武帝,与前合题《欢闻歌》二首。

【同卷第八页】

　　《团扇郎》("手中白团扇"首)
　　　案《玉台》十作梁武帝诗,程琰本此题下注云"《乐府》作王金珠",此处失题王名。《艺文类聚》四十三引此诗亦作梁武帝。

【同卷第十页】

　　《碧玉歌》("感郎不羞郎"及"杏梁日始照"二首)
　　　案"杏梁"首《玉台》十作梁武帝诗,"感郎"首《艺文》四十三作晋孙绰情人诗。

【第四十八卷清商曲辞西曲歌中第一页】

　　《乌栖曲》〔六首〕　梁元帝

案元帝集只载后四首,《玉台》九前二首作萧子显,"浓黛"首见《艺文》四十二亦作萧子显。此以六首并作元帝诗,误也。

【同卷第五页】

《估客乐》("大艑珂峨头"首)
案《古乐府》七作释宝月,此失题作者名。

【第四十九卷清商曲辞西曲歌下第六页】

《白附鸠》 吴均
案此诗吴集不载,其辞颇质朴,恐是《拂舞曲》原辞,题下"吴均"二字,涉下吴氏《白浮鸠诗》而误衍耳。

【第五十卷清商曲辞第三页】

《江南弄》〔三首〕 梁昭明太子
案《艺文》四十二作简文帝。《英华》二零一同。

【同卷第五页】

《采莲曲》〔二首〕 梁简文帝
案此诗简文集不载。

【同卷第十页】

《凤吹笙曲》　沈佺期

　　案此李白诗,李集各本均载之,此偶脱作者名,后人以其与沈作相连,因据以误补耳。

【第五十九卷琴曲歌辞第三页】

《游春曲》〔二首〕　王维　《游春辞》〔二首〕　王维

　　案《右丞集》俱不载,《全唐诗》卷二(乐府七)作王涯,此因行书"维""涯"字形略似而误。

【第六十二卷杂曲歌辞第一页】

《伤歌行》　古辞

　　案《文选》亦作古辞,《玉台》二作魏明帝诗。

【同卷第八页】

《妾薄命》("薄命头欲白"首)　王贞

　　案唐诗人无王贞者,《全唐诗》作王贞白,此脱"白"字无疑。

【第六十三卷杂曲歌辞第六页】

《白马篇》〔二首〕　孔稚圭

　　案"白马金贝装"首《文苑英华》二〇九作隋炀帝诗,诗中多叙征辽之事,疑归之炀帝为是。

【第六十七卷杂曲歌辞第九页】

《壮士吟》　贾岛
　　案《唐文粹》作孟迟。

【第七十卷杂曲歌辞第六页】

《行路难》〔二首〕　费昶
　　案《玉台》九《文苑英华》二〇〇同,程琰本《玉台》于第二首题下注云"《艺文》作吴均诗"。今考《艺文类聚》无此诗,《百三家集·吴朝请集》载之。

【第七十二卷杂曲歌辞第一页】

《古离别》〔二首〕　赵微明
　　案第一首《箧中集》作张彪,第二首题曰《思归》,作赵微明,王荆公《唐百家诗选》同,宜据改。

【同卷第二页】

前题("西江上"首)
　　案此诗载顾况集中,此失题。

【第七十三卷杂曲歌辞第九页】

《于阗采花》

　　案此诗与庾信作相连,但庾集不载,似非庾诗,此失题作者名。

【第七十四卷杂曲歌辞第五页】

《饮酒乐》("葡萄四时芳醇"首)　陆机

　　案《百三家集·陆平原集》此诗下注云:"《乐府》作《还台乐》,谓陈陆琼诗。"今按七十七卷载陆琼《还台乐》词与此同而下多"秋月春风恒好,欢醉日月言新"二句,涵芬楼影印明翻宋本《陆士衡集》载此诗,亦作《饮酒乐》,无此二句。似陆琼《还台乐》乃取士衡《饮酒乐》辞增"秋月"二句而成者。张溥本陆机集有此二句,盖误据琼作补入耳。

【同上】

前题("饮酒须饮多"首)

　　案此失作者名,《百三家集》亦载《陆平原集》中,此诗句调实非晋人,《百三家集》因《乐府诗集》与陆机作相连误收,影印翻宋本《陆士衡集》无之。

【第七十五卷第二页】

《上皇三台》

　　案《全唐诗》二(乐府十)作韦应物,韦集无此诗。此失作者名,但疑非韦诗,《全唐诗》此题下"韦应物"三字似涉上首韦氏《三台诗》而误衍。

【第七十六卷第二页】

《大垂手》 吴均
　　案《玉台》七作梁简文帝。

【同上】

《夜夜曲》〔二首〕 沈约
　　《古乐府》十同,《玉台》十以"北斗阑干去"首为简文帝诗。

【同上】

《秋夜曲》〔二首〕 王维
　　案"丁丁漏水"首《全唐诗》卷二(乐府十)作张仲素,"桂魄初生"首作王涯。《右丞集》无此诗,此作王维疑误。"桂魄"一首见《全唐诗话》三,亦以为张仲素诗,似《全唐诗》亦非也。

【第七十七卷第一页】

《春江曲》〔三首〕 张仲素
　　案"摇漾越江春"首《全唐诗》二(乐府十一)作王涯。

【同卷第二页】

《越城曲》
案《古乐府》十作范静妇,此失题。

【同卷第三页】

《浮游花》
案《古乐府》十作隋辛德源诗,此失题。

【第七十九卷近代曲辞第三页】

《昔昔盐》("碧落风烟外"首)
案此失作者名,此诗与薛道衡作相连,但非薛诗,玩辞意似亦非此题也。

【第八十卷近代曲辞第十一页】

《圣明乐》〔三首〕 张仲素
案《全唐诗》卷二(乐府十一)以"海浪恬丹徼"首为令狐楚诗。

【第八十二卷近代曲辞第三页】

《太平乐》〔二首〕 王维

案王维不当次白居易后,"风俗今和厚"首《全唐诗》十二作王涯,"圣德超千古"首《全唐诗》十三作张仲素。疑"维"为"涯"之误。

【第八十四卷杂歌谣辞歌辞第十二页】

《黄门倡歌》
　　案此非汉人诗,题下失作者名。

【第八十五卷杂歌谣辞歌辞第十三页】

《河中之水歌》　梁武帝
　　案《艺文》四十三作古歌,《玉台》九以此与古辞《东飞伯劳歌》合题《歌辞二首》,程琰注云"一作晋辞"。疑此误。

【第八十六卷新歌谣辞歌辞第三页】

《谣豫歌》("谣预大如服"首)　梁简文帝
　　案《古乐府》一作古辞,简文集亦不载此诗。

【第八十七卷杂歌谣辞谣辞第十页】

《埜筱谣》
　　案题下失作者名,似是汉魏人诗。《太平御览》四百六引首四句作《古歌词》。

【第九十一卷新乐府辞乐府杂题第四页】

《圣寿无疆词》〔十首〕　韦巨源

　　案此十首《全唐诗》十二载杨巨源诗中,别无韦巨源诗。韦巨源为韦安石子,初唐人,《旧唐书》九十二,《新唐书》一二二并有传。此诗中有"赏协元和德"句,作杨诗时代方合,此韦字误也。"代是文明昼"首又见王荆公《唐百家诗选》,亦作杨巨源诗。

【第九十二卷新乐府辞乐府杂题第三页】

《塞上曲》〔二首〕　王维

　　案王维应次戎昱等之前,《右丞集》无此诗,《全唐诗》十二载王涯诗中,此亦字误。

【同卷第四页】

《塞上行》　周朴

　　案《全唐诗》周朴诗中不载。

【第九十五卷第六页】

《平戎辞》〔二首〕　王维

　　案《全唐诗》十二亦作王涯。

【同卷第七页】

《思君恩》〔三首〕　令狐楚
　　案《全唐诗》十二令狐楚诗中仅载"小苑莺歌歇"一首。

【同卷第七页】

《汉苑行》〔三首〕　张仲素
　　案"二月风光变柳条"一首《全唐诗》张仲素诗中不载。

以上所举皆显为《乐府》误,或待考定者,此外亦有《乐府》不误而他书误,或本集失收者。如

【第十七卷鼓吹曲辞汉铙歌中第九页】

《有所思》("如何有所思"首)　王融
　　案此诗王集不载,《艺文类聚》四十一作王融,《谢宣城集》二(涵芬楼影印明依宋抄本)附此诗,亦题王融作,知《乐府》不误。

【第四十卷相和歌辞瑟调曲第六页】

《蜀道难》〔二首〕　刘孝威
　　案此诗刘集不载,《艺文类聚》四十二引此诗亦以为刘作也。

【第四十五卷清商曲辞吴声曲辞第三页】

《大子夜歌》〔二首〕

《子夜警歌》〔二首〕

案《全唐诗》二（乐府五）作陆龟蒙诗，误也，此皆晋宋辞，与下《子夜变歌》同，《全唐诗》因乐府与陆龟蒙相连，遂误收。

【第九十三卷新乐府辞乐府杂题第五页】

《塞下》　李宣远

案《全唐诗》十七题作《并州路》，注云："一作杨达诗，题云《塞下》。"考《御览诗》、《才调集》，皆作李宣远，题亦作《塞下》。《全唐诗》不知何据。

一九二六年冬

七言诗起源新论

引　言

　　本刊(《国文月刊》)的读者刘熙堂君来信说：本刊第六期《乐府与五言诗》一文引起他探索七言诗起源的兴趣，希望我覆信就这个问题详细谈谈，并要我将对这个问题叙得较详确的中国文学史和单篇文章介绍给他作参考。我的见闻很隘陋，曾否有人发表过关于这一个题目的论文，实无所知。至于时贤所著的本国文学史，我读过的也不多。就我所见到的几部说，其中颇有我所佩服的。但是恰恰关于刘君所要参考的部分，我找不出可以介绍的来。

　　七言诗是怎样起来的？起于什么时候？有些文学史对此并无叙述，虽然同样问题关于五言诗的，大多辟有专章。(它们详于彼而略于此，未必由于著者有什么轻重成见，不过因为七言诗的来脉不像五言诗那样清楚，不大容易交代明白罢了。)至于稍稍论到这问题的书，对这问题的解答似乎只有两种：一是指出一二首真伪尚成问题的七言诗歌(如《玉牒辞》等)作为七言诗之祖，另一种是认为七言诗从楚辞系的诗歌蜕变而成。前者自然不可信从，后者也还不成定说。这问题是很可以讨论一番的。我对此有一点粗浅的意见，很愿意借答覆刘君的机会，写出来请大家指教。现在分几部分来谈。

一 七言诗由楚辞系蜕变说之疑问

明胡应麟《诗薮》以《九歌》为七言诗所自始,他是将《垓下》、《大风》一类的骚体诗歌也称为七言诗的,无怪其然。至于像曹丕《燕歌行》那样句体完整的七言诗,现代的中国文学史著者也有认为渊源于楚辞的,如梁任公先生《中国之美文及其历史》、陈钟凡先生《汉魏六朝文学》、容肇祖先生《中国文学史大纲》及日人青木正儿《中国文学概说》等书均有说。综观各家的论据,有两个重要之点:

一、楚辞句法和七言相近,由楚辞渡到七言诗其势甚顺。(参看《中国之美文及其历史》)

二、汉人七言诗有杂"兮"字的,可见出七言诗由楚辞蜕嬗的痕迹。

所谓楚辞句法和七言诗相近者,约有下列数式。隋译《中国文学概说》云:

> 七言诗,我想或系由楚歌系变化者。盖因在"□□□兮□□□"之"兮"上,填一有意味的字,则生七言……

《中国文学史大纲》云:

> 七言诗大概是从楚声起的,《九歌》中的《山鬼》《国殇》已

有近于七言体的趋势。楚汉之际项王的《垓下歌》，高帝的《大风歌》，都是汉代七言诗的滥觞。

《山鬼》、《国殇》的句子也就是"□□□兮□□□"式，上两说都认为此种句式近于七言，为七言诗所从出。按楚辞"兮"字本为托声字，有时兼有文法作用。本刊第五期闻一多先生《怎样读九歌》文中，以虚字代释《九歌》，谓"若有人兮山之阿"犹"若有人于山之阿"，"操吴戈兮被犀甲"犹"操吴戈而被犀甲"。这也可以帮助说明《山鬼》、《国殇》的句式之近于七言。——这是第一式。

《中国之美文及其历史》云：

> 楚辞《招魂》篇"魂兮归来入修门些"以下若将每句"些"字删去便是七言诗，《大招》篇每句删去"只"字亦然。

按此说古人已有之，《日知录》卷二十云："昔人谓《招魂》、《大招》去其'些'、'只'即是七言诗。"这是梁先生说之所本。《九章》"后皇嘉树，橘徕服兮"，"受命不迁，生南国兮"诸句也属于这一类。——这是第二式。

《中国之美文及其历史》注云：

> 《九辩》的"悲忧穷蹙兮独处廓，有美一人兮心不怿，去乡离家兮来远客……"若将"兮"字省去便是七言。

按《招魂》篇的"乱"中有"湛湛江水兮上有枫"，"目极千里兮伤春心"二句亦是此类。——这是第三式。

此外还可补充二式：

仿第二式，从《天问》篇也可以找到近似七言的句子，如"遂古之初,谁传道之"，"上下未形,何由考之"等句去其"之"字，"厥萌在初,何所忆焉"，"璜台十成,谁所极焉"等句去其"焉"字，也成七言。——这是第四式。

《离骚》、《九章》、《九辩》中时有"□□□□□□□兮"式的句子，若删去"兮"字，也成七言。如"荃不察余之中情兮"，"朝饮木兰之坠露兮"，"吾将荡志而愉乐兮"，"万变其情岂可盖兮"，"春秋逴逴而日高兮"，"白日晼晚其将入兮"等——这是第五式。

除此之外在楚辞里还可以找到许多现成的七言句，如"夫惟捷径以窘步"，"夕餐秋菊之落英"，"惟此党人其独异"，"吾将远逝以自疏"等见于《离骚》；"吾方高驰而不顾"，"固将愁苦而终穷"，"固将重昏而终身"，"至今九年而不复"等见于《九章》；"冬又申之以严霜"，"恨其失时而无当"，"后土何时而得漼"，"凤愈飘翔而高举"，"何云贤士之不处"，"阴阳不可与俪偕"，"明月销铄而减毁"等见于《九辩》。

由此看来，所谓楚辞句法和七言相近，自可相当地承认，不过若因此便认为七言诗和楚辞有怎样密切的关系，就大有疑问了。

从上面所举的例子，可以见到楚辞中全篇句式皆和七言相近的只有《山鬼》和《国殇》。而《山鬼》、《国殇》的句子，虽近于七言句，实在说来，这种七言句和七言诗里的七言句并非一类。七言诗的句子除极少数的变格外，都是上四下三。而《山鬼》、《国殇》的句子是上下各以三字为一截，中间用"兮"字连接起来。如把这种句子（或将"兮"字代以虚字）吟讽一番，便可觉察它和七言诗句的差别了。——七言诗句念起来前四字须两字一顿，用图表示应该是"□□——□□——□□□",而《山鬼》、《国殇》的句子便无法念成这样子。

所以《山鬼》、《国殇》演化为三言诗是很自然的,(汉《郊祀歌》中《练时日》、《天马》等篇即由此出)而变成七言诗,就不见得有同样的可能性了。

除此以外,上文所举的那些七言和近于七言的句子,不过是散见于楚辞各篇,若是将这些散见的七言和近于七言的句子指为七言诗之源,那就不如上溯到《诗经》了。

《诗三百篇》里不乏近于七言的句子,如从"汉有游女,不可求思"(《周南·汉广》),"一日不见,如三秋兮"(《王风·采葛》),"胡瞻尔庭有悬貆兮"(《魏风·伐檀》)等式的句子去掉托声字,或是"嗟行之人,胡不比焉"(《唐风·杕杜》)和"闵夷既悦,如相酬矣"(《小雅·节南山》)一类句子去掉末尾的虚字都是七言,和上文从楚辞所举的例子,并没有什么区别。至于现成的七言句,见于《周颂》的如"学有缉熙于光明"(《敬之》),见于《大雅》的,如"维昔之富不如时"、"维今之疚不如兹"、"今也日蹙国百里"(《召旻》),见于《小雅》的,如"如彼筑室于道谋"(《小旻》)、"君子有酒旨且多"(《鱼丽》)和"祈父予王之爪牙"(《祈父》),见于《国风》的如"式微式微胡不归"(《邶风·式微》)、"彼其之子美如英"(《魏风·汾沮洳》)、"人之为言胡得焉"(《唐风·采苓》)和"交交黄鸟止于桑"(《秦风·黄鸟》)等,较诸楚辞里的七言句也不算怎么少了。

《诗经》里既然也有不少七言和近于七言的句子,或比楚辞更有资格做七言诗之祖罢。不过上面这一段话意思仅在说明和七言相近的句子并非楚辞所独有,楚辞和七言诗接近的程度并不特别高而已,并非要为《诗经》争什么地位。无论楚辞或《诗经》,其中既无完整的七言诗,至多也只能算作七言诗的远祖。如为七言诗认了这样的远祖,不能就算明白了它的世系,对于了解七言诗体如何成立,还是没有帮助。我们须认识和它较近的先代才有用处。这是下面的文章,此处暂且不谈。现在再看一般认为七言诗由楚辞系蜕化的步骤是怎样的?

陈钟凡先生《汉魏六朝文学》云:

> 七言诗是从楚调诗变来的。最初汉人做的七言诗,如高祖《大风歌》,武帝《瓠子歌》、《秋风辞》、《天马歌》,昭帝《黄鹄歌》、《淋池歌》及李陵《别歌》等,皆每句中间夹用"兮"字,这是第一期的七言,中间惟有司马相如《琴歌》夹用无"兮"字句。如"有艳淑女在闺房,室迩人遐毒我肠,何缘交颈为鸳鸯:胡颉颃兮其翱翔"。中间三句不用"兮"字,夹置于一首之中。至东汉安帝时张衡作《四愁诗》除第一句外,其余皆为七言。如一思曰:"我所患兮在泰山,欲往从之梁父艰,侧身东望涕沾翰。美人赠我金错刀,何以报之:英琼瑶,路远莫致倚消遥,何为怀忧心烦劳?"以下三首皆一例用"兮"句起,用七言句接,这是由楚词派变成七言诗的遗迹,可算得第二期的七言诗。至曹子桓作《燕歌行》,七言诗乃完全成立。

《中国文学概说》云:

> 唐山夫人的《房中祠乐》中"大海荡荡水所归,高贤愉愉民所怀。大山崔,百卉殖。民何贵?贵有德"一首,上二句偶成七言,下半依然是楚歌形。又如《汉书·乌孙传》所载乌孙公

主之作"吾家嫁我兮天一方,远托异国兮乌孙王"云云六句,虽然也是楚歌形,但若除去"兮"字,则七言诗就成立了罢。如《文选》所载后汉张衡的《四愁诗》四首,每篇自七言七句构成,而仅其第一句如"我所思兮在太山"取楚歌形,其余都是纯粹的七言诗。把这些过渡的作品看一看,则其发达之迹,大概可以探索得到吧。

如将这些话和梁任公先生"秦汉间诗歌皆从楚辞蜕嬗而来"(《中国之美文及其历史》)之说参合起来看,似乎从楚辞渐变到曹丕的《燕歌行》,有一个清清楚楚的程序。不过事实上这个程序恐只是一个错觉而已。(构成这个错觉的重要的因子便是张衡的《四愁诗》)。

假如骚体诗渐变为七言的步骤果如上文所引之说,那么早则在张衡《四愁诗》之前,迟则在曹丕《燕歌行》之前,便不会有七言诗了,而事实上怎样呢?

在这里且不必去谈那些真伪成问题,时代难确定的《饭牛歌》、《鸡鸣歌》、《柏梁台诗》等等,也不必举那些算不得诗的字书如司马相如《凡将》、史游《急就》和纬书中的韵语。七言的歌谣现在也暂不提。我们只消将史书中所著录的有主名的《七言》列举一下,对于这个问题,也就可以找着答案了。

《汉书·东方朔传》说东方朔著有"《八言》《七言》上下",据晋灼的解释就是"八言七言诗各有上下篇"这是西汉已有七言诗的明证。(东方朔的《七言》现存一句,见于《文选》李善注。)而同时的董仲舒也曾作《七言琴歌》二首。(《文选》孔德璋《北山移文》注引《董仲舒集》。)

稍后,刘向也有《七言》,现存四句,也见于《文选》注,现在将它们抄在下面:

> 山鸟群鸣我心怀。(见嵇叔夜《赠秀才入军》第三首注)
> 博学多识与凡殊。(见张平子《西京赋》注)
> 揭来归耕永自疏。(见颜延年《秋胡诗》及张景阳《杂诗》注)
> 安座从容观诗书。(见谢玄晖《拜中军记室辞隋王笺》注)

东汉东平宪王苍曾作《七言》,见《后汉书》本传。

崔骃亦有《七言》,"皦皦练丝退浊污"一句见《文选》郭泰机《答傅咸诗》注引,"鸾鸟高翔时来仪,应治归得合望规,啄食拣实饮华池"三句见《太平御览》九百十六。其余杜笃、崔琦、崔瑗、崔实等人,都曾作过七言,并见《后汉书》本传。刘苍、杜笃、崔骃都在张衡之前,崔琦、崔瑗、崔实也都在曹丕之前。

根据上面所举的事实,是否可断言七言诗在张衡、曹丕之前已经发生呢?上文所述如有些人所想像的那个从楚辞渐变为七言诗的程序,是否靠得住呢?

我们在这里暂且提出这一二个简单的疑问,以明七言诗由楚辞系蜕化之说的不可信。在下面的讨论中将会发现其他的理由,加深我们对此说的怀疑。

二　"七言"与七言诗

也许有人要问:"你所说的这些'七言'既然没有一首完整的留

存在世间,你能断言它们和所谓七言诗者确是一样的东西么?"这疑问是该有的,因为两汉的那些"七言"在当时似乎不称为诗歌。我们试看《后汉书》卷七十二《东平宪王苍传》:

> 诏告中傅封上苍自建武以来章奏及所作书记,赋,颂,七言,别字,歌诗……

又卷八十九《张衡传》:

> 所著诗,赋,铭,七言……凡三十二篇。

皆于诗歌之外,别著七言,可见七言不在诗歌之列。(《国学丛编》第一期第三册吴承仕先生《䋷斋读书记》有"七言不名诗"之说,可参看)不独七言如此,后汉书卷七十下《班固传》云:

> 固所著典引,宾戏,应讥,诗,赋,……六言。在者凡四十一篇。

又卷一百《孔融传》云:

> 所著诗,颂,碑文,论议,六言……凡二十五篇。

可知"六言"也不叫做"诗"。原来那时只承认四言,骚体和五言是诗歌正体。六言和七言虽有作者还不普遍,一般人并不当它是诗。不过就其实质而论,却没有理由否认它是诗。上文所引刘向的《七言》虽然只是寥寥几个断句,七言的体制却不难由此窥见。其中以

"殊""书""疏"为韵者显然同出一篇,形式上它与后世的七言诗应无分别,可以断言;至于内容,从"山鸟群鸣我心怀""曷来归耕永自疏"等语看来,它们既非谚语,又非歌诀,分明是抒情的。如何能说不是诗呢?(从崔骃的《七言》也可以得同样的印象。)我们还可以拿"六言"来作一番比较。"六言"和"七言"在当时地位是相同的。孔融的"六言"现存三首,其第三首云:

> 从洛到许巍巍,曹公忧国无私。灭去厨膳甘肥,群僚率从祈祈,虽得俸禄常饥。念我苦寒心悲。

将孔融这首《六言》和他的五言诗相比较,除每句多一字外,不过用语较为浅俗而已,更无其他区别。按后世的标准说,它自然是诗,由六言也可以推论七言。

因此我们可以推想当日七言不名诗,仅仅乎因为七言不是向来所谓诗的形式,并非在内容上,七言只限于写另外一种东西。上文提到董仲舒曾作《七言琴歌》,《后汉书》卷九十上《马融传》载马融的著作也有《七言琴歌》。《琴歌》是诗,毫无问题。两汉《琴歌》的正体用骚体,观司马相如和蔡邕所作可知。这里加上"七言"二字,不过表示它有异于正体而已。由此也可以明了"七言"和正体诗的区别全在形式而不在内容。董仲舒、马融的《琴歌》和司马相如、蔡邕的《琴歌》同一题材,在形式上虽可别为二体,在内容上能说是两类么?

再看晋傅玄《拟张衡四愁诗》的序文:

> 张平子作四愁诗,体小而俗,七言类也。……

可知一般人认为七言诗之始的《四愁诗》,它的体裁正是"七言"之类。如我们承认张平子的《四愁》是诗,便不必怀疑"七言"是不是诗了。

所以"七言"在两汉虽不"名"诗,"七言"确实"是"诗。

七言是早在西汉已经产生的新诗体,不过当时只有少数好奇趋新的人,将它拿来运用,一般人对这种新诗体却颇为歧视,不肯认为诗的一类。歧视的原因是觉得它不登大雅,从傅玄《拟四愁诗序》,"体小而俗"的话可以看出来。傅玄是肯做七言诗的人,对于七言尚且有菲薄的话,一般人的意见,可想而知,晋人如此,汉人的意见,更可知了。

看不起七言诗体,不只是两汉魏晋的人如此,南北朝人也还是如此,宋汤惠休是做七言诗的,颜延之便说他的制作是"委巷中歌谣耳"。鲍照也是做七言诗的,颜延之也就将他和惠休等量齐观。后来《文心雕龙》和《诗品》的著者,都不曾将七言诗看在眼中。锺嵘评鲍照的诗说"颇伤清雅之调",谅亦兼指他的七言诗,和傅玄说张平子《四愁诗》"体小而俗"是一样的意思,都是觉得七言之体难登大雅。

七言诗获得地位是陈隋以后的事。姚思廉《陈书·江总传》:"少好学,能属文,于五言七言尤善。"始以七言与五言并举。这可以代表唐初人的观念。不过其他崇古的人还觉得七言的地位比五言低得多,如李白即曾说:"兴寄深微,五言不如四言,七言又其靡也。"(《本事诗》引)

七言诗体为什么在汉魏六朝时那样被歧视呢?讨论到这一层,便重又接触到它的起源问题了。

原来七言和五言一样在起初都是"委巷中歌谣"之体,五言诗体初被文人应用是在东汉时,并不比七言早些,但因为乐府中所收的歌谣多五言,五言普遍得很快,到魏晋已经升格为诗歌的正体了。七言虽早已有人用之于诗,但并未能流行起来。未能流行起来的原因,我想一是两汉的那些"七言"中佳制太少,除张衡的《四愁诗》外很少流传人口,因而不曾引起多数人仿作;二是七言歌谣在汉时不曾有一首被采入乐府,没有音乐的力量来帮助它传播,自然难于普遍。后者应是最主要的原因。在中国文学史上,凡是普遍的诗体,莫非出于乐府,即初时皆借音乐的力量而流传。七言的乐府辞应以曹丕的《燕歌行》为第一首,这是文人偶然仿歌谣而制作的乐府辞,当时也没有别人做,并不普遍。晋宋时《白纻》等舞歌是七言,但也并不甚多。所以到汤惠休鲍照的时代,七言仍只流行于委巷歌谣中,七言的身份仍然是民间体,在士大夫眼中仍然是"俗"的。所以汤、鲍偶然仿作仍然不免于被颜延之那样的贵族诗人所轻蔑讥评。

至于楚辞体,早已用于庙堂文学,是早已受人尊敬的了。假如七言诗是从楚辞系蜕化出来的,那么七言在唐以前被歧视的缘故,便不可解释了。这也是七言由楚辞系蜕变说的一个疑难。此说以张衡的《四愁》为傅会的根基,而不知《四愁》在意境上是近于歌谣而远于楚骚的,体制上亦然(下文有说),否则便不会得到"体小而俗"的考语了。

三 谣谚与七言诗

上文说七言诗体本出于委巷歌谣,这还不过是一个假定,这个假定能否成立,还须看考查事实的结果。首先我们得看看七言在谣谚中发展的情形。

先秦歌谣以四言为主,间或有以七言为主的,如《礼记·檀弓》所载的《成人歌》:"蚕则绩而蟹有匡,范则冠而蝉有绫,兄则死而子皋为之衰。"

战国末有以七言为主的劳动歌曲,从荀卿的《成相辞》可以知之。《成相》之"相"就是《礼记·曲礼》篇"邻有丧,舂不相"的"相",据郑玄注"相"是"送杵声"。人在劳动时常有讴歌,建筑工人杵地时必有"杭唷"之声,其曲即谓之"相"。《成相辞》诸章屡以"请成相"三字起头,这三字,据卢文弨说就是"请奏此曲"的意思,所以知道《成相辞》是采用民歌的体式和腔调的。从它复沓的形式也可以看出来。其第一章云:

请成相:世之殃,愚暗愚暗堕贤良。人主无贤,如瞽无相何伥伥。

其结构以七言句为主体是很显明的。至于完整的七言歌谣,在汉以前似无有。宁戚《饭牛歌》"南山矸"一首出应劭《三齐记》,"沧浪之水"一首出《艺文类聚》,都不一定可靠。

现存的歌谣中汉初似尚无完整的七言。《文选》陆士衡《挽歌诗》注及《草堂诗笺》二四引崔豹《古今注》《薤露歌》云:"薤上朝露何易晞,露晞明朝更复落,人生一去何时归!"七言三句。但《乐府诗集》载此诗无"朝"字,崔豹又谓《薤露》、《蒿里》本是一曲。故原诗未必全为七言。《乐府诗集》又有《鸡鸣歌》,赵翼《陔余丛考》谓为汉初歌谣,梁启超《中国之美文及其历史》认为东汉末作品,时代也不能定。武帝太初中谣"三七末世鸡不鸣,犬不吠,宫中荆棘乱相系,当有九虎争为帝"出于《拾遗记》,亦不足据。直到汉成帝时方见一首《楼护歌》(见《汉书》卷九十二《游侠·楼护传》)只一句云:

> 五侯治丧楼君卿。

和一首《上郡歌》(见《汉书》卷七十九《冯野王传》):

> 大冯君,小冯君,兄弟继踵相因循。聪明贤知惠吏民,政如鲁卫德化钧。周公康叔犹二君。

后一首还杂入两句三言。不过以三三起头是七言歌谣和后世七言诗的常例,这一首也可以认为完全的七言了。至于完全七言的谚语较为早见,《汉书》卷五十一《路温舒传》载路温舒上书引谚曰:

> 画地为狱议不入,刻木为吏期不对。

此谚亦见《说苑》。司马迁《报任少卿书》有"画地为牢,势不可入;削木为吏,议不可对"云云,亦用此谚而变其句法。可知此谚产生于武帝时,或武帝前。

就现存的谣谚看来,西汉时七言还很少,在成帝以前只能确信有七言的谚语而七言的歌谣有无尚难断言。不过从谣谚以外的材料观察,武帝时七言在歌谣中必已甚普遍,完全七言的歌谣在这时必已流行。

汉乐府中有不少的七言句,《铙歌》中如《艾如张》:"山出黄雀亦有罗,雀以高飞奈雀何?"《上之回》:"令从百官疾驱驰,千秋万岁乐无极。"《战城南》:"野死不葬乌可食……腐肉焉能去子逃……禾黍不获君何食,愿为忠臣焉可得。"《有所思》:"秋风肃肃晨风飔,东方须臾高知之。"《临高台》:"下有江水清且寒,江有香草目以兰,黄鹄高飞离哉翻。"等等皆是。汉《铙歌》的时代虽不一致,其中有一部分为武帝时的歌辞是无疑的;《铙歌》的内容虽杂,其中有一部分是民歌,也是无疑的。

又《相和歌》古辞《董逃行》"吾欲上谒从高山,山头危险大难言……采取神药若木端,……奉上陛下一玉柈,……陛下长与天保守"等句亦是七言。《相和歌》现存古辞本是"汉世街陌谣讴"(语见《宋书·乐志》)。《董逃行》据"乐府原题"是作于汉武之时。早于此者尚有《薤露》、《蒿里》二曲(据《古今注》均出田横门客)前者全首四句,七言占一半(据《乐府诗集》)。后者也是四句,七言占其三。由这些例子看来,到武帝时民间歌谣中,七言一定是常见的。

前面曾提及司马相如的《凡将篇》,这是一部以七言为句的字书,是口诀文体。后来元帝时黄门令史游规模《凡将》作《急就篇》,书中大部分亦用七言。(《凡将》文句传者虽少,尚可考见,《急就》现存。)这都是教蒙童的书,所以用口诀。口诀的作用是便人记诵。编口诀的人绝不会自创一种世人不熟习的韵文体,他们所用的必是"街陌歌谣"中流行的形式,诵读起来才容易顺口成腔。秦代的《仓颉篇》四字为句,战国时的《史籀篇》据王国维先生说体制当同。《凡将》、《急就》不依前人体例作四言,而故意改为七言,若非为了便利流俗,为的是什么呢?(司马相如似乎是喜用民间体的作家,他的《琴歌》即于骚体中杂七言。汉《郊祀歌》有一部分是相如做的,《天门》《天地》等篇有很多的七言句,大约即出于相如之手。)我们由《凡将》《急就》等口诀的形式,可以推想当时七言歌谣必已流行。

又《汉书·东方朔传》载东方朔射覆语云:"臣以为龙又无角,谓之为蛇又有足,跂跂脉脉善缘壁,是非守宫即蜥蜴。"东方朔口占这四句韵语,亦必不是自创之格,我们相信这是当时"街陌"流行之体,流行之腔调,作者平昔习惯于唇吻之间,所以冲口而出。(东方朔曾作《七言》上文已提及)射覆的事是东方朔滑稽故事之一,正因为是"街陌"流行之体,用于宫庭中方见滑稽趣味,犹之乎今日的绅士偶然仿《莲花落》调子说话,亦可以逗笑乐也。由此也可以推想当时七言歌谣的流行。

现存的西汉歌谣是极少的一部分,我们要观察当时歌谣的体制,从现存的寥寥几首中绝不能见其全,所以不得不根据其他材料来推测。可惜的是《汉书·艺文志》所著录的那些吴楚燕代各地的歌诗讴谣全都佚去;否则可以添出二百多首西汉歌谣供我们研究,我们的了解当然要清楚得多了。

东汉七言歌谣现存者较多,据丁福保《全汉诗》,光武时有《董宣歌》《郭乔卿歌》。和帝时有"城上乌"谣。安帝时有《陈临歌》(二首)及《黎阳令张公颂》。桓帝时有《范史云歌》、"小麦青青"谣、"游平卖印"谣、《京都童谣》《任安二谣》《二郡谣》。献帝时有《建安初荆州童谣》及《阎君谣》。共十四首。

东汉七言谚语,据丁辑有"戴侍中"、"井大春"、"刘太常"、"杨子行"、"许叔重"、"冯仲文"、"鲁国孔氏"、"胡伯始"、"考城谚"、"帐下壮士"、"缪文雅"、"许伟君"、"王君公"等共十三首。

东汉是五言乐府已盛,五言诗已萌芽的时代,但乐府以外的五言歌谣却不如七言的多。据丁辑东汉五言歌谣仅有《凉州歌》、《崔瑗歌》、《吴资歌》(二首)、《陈纪山歌》、《城中谣》六首。和七言相较不及二之一。五言谚语仅有"紫宫谚"、"缝掖"、"时人语"三首,仅及七言谚语四之一。再据《全汉诗》比较这时杂言歌谣中五七言句的数目,七言共十四句五言八句。杂言谚语中七言句三,五言句无。可知在这时的谣谚中,七言实较五言普遍。

两汉七言歌谣大都是每首一句至三句。最长的四句,只二首。长一点的七言歌谣到晋代才多起来,如《并州歌》、《豫州歌》、《陇上歌》、《大风谣》等皆四句以上。《陇上歌》不但较长,情事亦较复杂,其词云:

> 陇上健儿曰陈安,躯干虽小腹中宽,爱养将士同心肝。骢骢骏马铁锻鞍,七尺大刀配齐环,丈八蛇矛左右盘,十荡十决无当前。百骑俱出如云浮。追者千万骑悠悠。战始三交失蛇矛,十骑俱荡九骑留,弃我骢骢攀岩幽,天非降雨迫者休。阿呵呜呼奈子何!呜呼阿呵奈子何!(据《赵书》)

《晋书·载记》曰:"……安善于抚按,吉凶夷险与众同之。及其死,陇上为之歌。曜(刘曜)闻而嘉伤,命乐府歌之。"这也许是七言歌谣入乐府的第一首罢?(假定《薤露歌》非七言。)

我们对两汉魏晋的谣谚作一番考察之后,发现几个特可注意之点:

一、七言谣谚中很多以一句成章的,为三四五六言所无,骚体歌诗亦无此例。大概七言句音如特别缓长,一句就可以咏唱,(往往句中第四字与第七字叶韵。)两句也许就是复沓了。(七言诗中有短至两句的,如后汉李尤的《九曲歌》云:"年岁晚暮时已斜,安得力士翻日车?"因为它短,向来以为是残缺不完的诗,其实这在歌谣中是极普通的。)这是七言诗的特点。这可以说明七言歌谣和早期的七言诗为什么每句都押韵,而每一篇的句数不论奇偶都可以,不似三四五言的诗绝不能每句押韵,且每篇句数多为偶数。(南朝小乐府中五言歌辞间有以三句成篇者,为极少数的例外。)尤其是那个很特别的诗体——七言联句的由来可从此得一解释。七言联句是每人做一句诗,和他体联句不同,原因是七言诗一句即可算得一章,虽然名为联句,事实上倒是复叠,是唱和。这种体最先有传为汉武帝君臣所作的《柏梁台诗》,其后有谢安叔侄的《咏雪联句》。《柏梁台诗》疑者甚多。但是并未能确证为伪作。顾炎武以来认这篇诗是伪作的,不过因为题下所注作诗年代为"元封三年",诗中所注作者名字中又有"梁孝武王",而梁孝武王是在孝景帝时已经死了的。其余作者有"光禄勋"、"大鸿胪"等官,这些官名又都是太初元年所更名,不应在元封中预书。但原来记载这篇诗的《三秦记》早已亡佚,原书是否有这样的注还是疑问。近人日本铃木虎雄说宋敏求《长安志》所引《三秦记》无"元封三年"字样,也没有梁孝王名字,但称梁王(胡光炜先生《中国文学史》引其说)。可见原书的附注所传不一,很难依据它断定这诗的真伪。从文辞和体制看来,这诗可能产生在西汉时。至于郭舍人和东方朔的谐谑,有人以为有失君臣间的体统,因而疑及这篇诗。其实这并不成为问题,一则这两人的身分本是弄臣倡优,说诨亵的话并不为奇。二则七言在当时尚为不登大雅之体,如柏梁台联句果有其事,不过是以"打油"为笑乐而已,和作"颂"作"赋"完全不同。所以在全诗中,不独郭舍人、东方朔两人所作有欠庄重,丞相、大将军和太官令的诗句都有诙谐意味。我以为这些谐谑成分倒可增加这篇诗的可信程度。后来谢家的联句也是一时供笑乐的事,并非正正经经地作诗,从《世说》的记叙和诗句的本身都可以见出。

二、七言歌谣常常以两个三言句起头,从《越谣歌》以下,例不胜举。在两个三言句之间有时联上一个"兮"字,例如《晋书·五行志》所载童谣"南风起兮吹白沙。遥望鲁国何嵯峨。千岁髑髅生齿牙"。一本无"兮"字。无"兮"字就成为两个三字句,有"兮"字就是楚辞《山鬼》、《国殇》的句式。张衡《四愁诗》每章第一句作"□□□兮□□□"式,遂使人疑为楚辞形式之残留,而造成七言诗由楚辞系蜕化的错觉。那晓得这不过是三三句的变形,是从歌谣来的。三三句常用作七言歌谣的起头,它的变形"□□□兮□□□"式亦用于起头,《南风谣》如此,《四愁》亦如此。《文选》魏文帝《芙蓉池作》诗李善注引东方朔《七言》"折羽翼兮摩苍天"句,一定也是起句。

三、七言句很早就用于歌谣,《诗经》中已不一见,到楚辞体产生的时候,七言在歌谣中已经占主要地位了,此后历秦汉魏晋,七言一直是歌谣里最普遍的句式。可以见得在歌咏中七言句是很天然的,无待乎文人从楚辞体去改制。

四、七言谣谚和其他七言韵语之流行早于五言。(五言歌谣之始为汉成帝时的《黄爵谣》和《尹赏谣》,其他五言韵语在这时以前也不曾有过。)这可以打破"七言晚于五言"的成见。有些人泥于"文体由简而繁"这一个公例,确信五言诗未产生以前绝不会有七言诗,对于产生较早的七言诗,便据这一个理由判定为不真,未免为自己的幻觉所欺骗了。

五、七言入乐府的时期很晚。文人制作七言的乐府歌辞始于三国,除魏文帝的《燕歌行》二首外缪袭有《旧邦》一首,为《魏鼓吹曲》辞之一,韦昭有《克皖城》一首,为《吴歌吹曲》辞之一。七言歌谣被采入乐府,直到晋代才有,以《陇上歌》为第一首。(《乐府·杂曲歌辞》里有一篇《东飞伯劳歌》虽相传是古辞,实为南朝人诗,可不辩。)比之五言歌谣入乐的时期实在迟得多了。这是七言的幸运不如五言之处。五言歌谣入乐府在东汉时(想因当时流行的音乐最宜五言歌辞)。我们看东汉五言歌谣保存在乐府里的有那么多,可想当时必有许多七言歌谣因为未得入乐而致亡失。现存的歌谣多靠史传记录,方得流传。靠史传记录,当然写定较迟。而且史书记录歌谣和乐府搜集歌谣的标准是不同的,史书所录只取其和政事有关,而乐府所收的歌谣多富于文学趣味。这个只须将乐府内外的五言歌谣作一比较就明白了。所以我们相信七言歌谣亡失的部分一定有许多叙写"赠芍"、"采莲"、"桑间"、"陌上"、"狭路"、"秦楼",乃至"孤儿"、"弃妇"等类情事的文学珠玉。

　　歌谣入乐必须经过精选,也不免经过润饰,其胜于一般歌谣是可以想见的。更因音乐的力量,流布广远,和文人接触的机会便多起来,容易引起大批的仿作,自属当然之理。五言"古诗"便是这样产生的。五言在古代歌谣里的流行不及七言,五言韵语的产生后于七言,而五言诗之盛反早于七言,其原因系于入乐的早迟是很明显的。(晋宋七言诗稍盛,多为《燕歌》、《白纻》等乐府歌辞的仿作。)

　　未入乐府的歌谣被模仿的机会自然要少得多,所以七言歌谣的仿作在晋以前只见到《四愁》和《燕歌行》等少数的例子。两汉的那些"七言"中谅不免有直接仿自歌谣的,可惜没有完整的材料供我们研究，不能下什么断语了。

五言体从歌谣提升到文人诗里去，经过乐府的媒介，七言便不相同。大约七言体从歌谣升到文人诗里去，有直接的，也有间接的，直接的远如《成相辞》，近如《燕歌行》。七言联句，似乎也是直接仿效谣谚的游戏诗。但七言体从谣谚升到文人笔下不一定都成为诗，它可以是歌诀，如《凡将篇》、《急就篇》等字书，上文已述及。道书中如《黄庭经》亦用七言韵语，或者也有歌诀的作用。这里抄几句《急就篇》示例，"急就奇觚与众异，罗列诸物名姓字。分别部居不杂厕，用日约少殊快意……"

也可以是铭辞。东汉有许多镜铭皆是七言韵语，如尚方镜六铭曰：

    尚方御竟真毋伤。巧工刻之成文章，左龙右虎辟不详（祥），朱鸟玄武调阴阳，子孙备具居中央。上有何人以为常？长保二亲乐富昌，寿数今（金）石如侯王。

又尚方镜十一铭曰：

    尚方作竟真大好。上有仙人不知老，渴饮玉泉饥食枣，浮流天下敖四海，非回名山采之（芝）草。寿如金石为国保。

这些铭辞语极浅俗，是当时模仿谣谚的新铭体。

也可以是评语。两汉（尤其是后汉）盛行一种七字评，完全仿自民间的谣谚。西汉七字评如"欲不为论念张文"（《汉书》曰：成帝为太子，及即位，以张禹为师。禹以上难数对己问经，为《论语章句》献之。诸儒为之语云云),"关西孔子杨伯起"(《东观汉纪》曰:杨震少学,受欧阳尚书于太堂桓郁,经明博览,无不穷究,诸儒为之语云云),东汉七字评如"难经伉伉刘太常"(华峤《后汉书》曰:刘恺为太常,论议常引正大义,诸儒为之语云云)及"天下模楷李元礼,不畏强御陈仲举,天下俊秀王叔茂"(范晔《后汉书》曰:诸生三万余人,郭林宗、贾伟节为其冠,并与李膺、陈蕃、王畅更相褒重,学中语曰云云)。这些评语或出"诸儒"或出太学生。而他们的范本就是《楼护歌》、《郭乔卿歌》、《二郡谣》等等。这些可以称之为文人谚。

也可以是谶纬。谶纬本是童谣的变形,童谣多七言,所以谶纬亦多七言。光武初即皇帝位其祝文引《谶记》曰:"刘秀发兵捕不道,卯金修德为天子。"纬书中有不少七言句,但很零散。谶辞之出于文人笔下者如《晋书》载王嘉所作《歌谶三章》,录之以见其体:"帝讳昌明运当极,特申一期延其息。诸马渡江百年中,当值卯金折其锋。""欲知其姓草肃肃,谷中最细低头熟,鳞身甲体永兴福。""金刀利刃齐刘之。"

也可以是杂著。如王逸所作《楚辞注》往往用整齐有韵的句子而赘以一个"也"字,如将"也"字删去便成韵文。其七言者如《哀郢》注云:"哀愤结绾虑烦冤。哀悲太息损肺肝。心中诘屈如连环。……"《怀沙》注云:"言己忧思念怀王。伫立悲哀涕交横。良友隔绝道坏崩。秘密之语难传诵。忠谋盘纡气盈胸。含辞郁结不得申。诚欲日日陈己心。思念沉积不得通。思托要谋于神灵。云师径游不我听。思附鸿雁达中情……"《思美人》注云:"草创宪度定众难。楚以炽盛无盗奸。委政忠良而游息。地灾地变始存念。臣有过差赦贳宽。素性敦厚慎语言。遭遇靳尚及上官。上怀忿恚欲刑残。内弗省察其侵冤。专擅君恩握主权。欲罔戏弄若转丸。不审穷核其端原。放逐徙我不肯还。……"王逸有七言诗《琴思》一篇，梁任公先生云"疑亦某篇之注"。

又可以是赋的一部分。古的如宋玉《神女赋》中"罗纨绮绩盛文章，极服妙采照万方"二句。较近者如张衡《思玄赋》系曰："天长地久岁不留，俟河之清只怀忧。愿得远渡以自娱，上下无常穷六区。超逾腾跃绝世俗，飘摇神举逞所欲。天不可阶仙夫稀，柏舟悄悄吝不飞。松乔高跱孰能离，结精远游使心携。回志揭来从玄谋，获我所求夫何思。"（实质上这就是诗，不过名称还不是诗罢了。所以选汉诗的往往收入此篇，题曰《思玄诗》。）

这些韵文的体裁均来自七言歌谣。诗人自然也不免因它们的影响而作七言。

此外还可以是假造的古诗歌或神仙诗歌，如应劭《三齐记》所载的宁戚《饭牛歌》，王嘉《拾遗记》所载的《皇娥歌》及《白帝子答歌》，干宝《搜神记》的《丁令威歌》，都可以认为记录者或其同时人所假造。（作为假造者那个时代的诗歌还是有用的材料）不过这类诗歌不过是传说或故事里的一点点缀，造者也并不是要做假古董骗人，所以他们用的诗体也就是当时民间谣谚中流行之体。——这也可以作为七言体从歌谣直接升到文人笔下之一例。

四　结论

我们承认楚辞句法有近于七言诗之处，楚辞体未尝无蜕变为七言诗体的可能，但虽有此可能，并未产生此事实。事实上七言诗体的来源是民间歌谣(和四五言同例)。七言是从歌谣直接或间接升到文人笔下而成为诗体的,所以七言诗体制上的一切特点都可在七言歌谣里找到根源。

所以,血统上和七言诗比较相近的上古诗歌,是《成相辞》而非楚辞。

至于七言诗产生的时期,应是西汉,不似一般所想像的晚到张衡时。东方朔刘向都是七言诗作者,各存有少数断句。《柏梁台联句》也可能是一首西汉诗。

一九四二年,五月。

关于七言诗起源问题的讨论

答李嘉言先生论七言诗起源书

嘉言兄：

十二月二十五日手书关于七言诗起源问题诚恳赐教,至为欣感,但对于尊说各点,仍未敢苟同。兄谓七言诗"因时代之不同,有先后二源",认为《燕歌行》以前的七言诗出于楚辞,以后的七言诗出于歌谣。此说意主调停,但于事实恐未符合。我以为七言诗的渊源只有一个,就是谣谚。主七言句出于楚辞之说者恐系为一种错觉所蔽,由错觉而生成见。来书排列秦汉楚辞体诗歌若干首,表示其中七言句逐渐增多,到张衡的《思玄赋》系辞即变为完全的七言诗。以为从其中可以见出由楚辞到七言诗逐渐演化的程序。这种排列也曾有别人做过,那是着眼于张衡的另一首七言诗《四愁》,其实无论着眼于《思玄赋》或《四愁》,其白费工夫是同样的。这种排列只能造成楚辞演化为七言诗的错觉,而不能作为七言诗源于楚辞的证明。试想,楚辞句法既然和七言诗那么相近,楚辞句改为七言诗句既然是那么容易（依尊说只须减一个"兮"字）,蜕变为七言诗自可一步完成,何须逐渐演化？若依尊说,今日减一个"兮"字,明日减两个"兮"字,这人变一句,那人变两句,经过三百年才变成功,乍听似颇有步骤,细想却悖于事理。我们只要看一看三言诗产生的情形,便知这样的演化程序是不需要的。三言诗正是出于楚辞,正是从楚辞句式减掉"兮"字变成的。试问从楚辞到汉郊祀歌《练时日》、《天马》等篇何尝经过这么一个"逐渐演化"的程序?这无中生有的演化程序能证明些什么呢?

假如我兄所拟想的七言诗产生情形可以成立,则《思玄赋》系辞自当为七言诗的第一首,然而事实上张衡以前已有七言诗,拙作《七言诗起源新论》曾指出自东方朔以下,刘向、刘苍、杜笃、崔骃均著有《七言》,观察现存的刘向七言断句,知道那就是七言诗。此外《柏梁台联句》也可能是一首西汉诗。如非故意抹煞事实,便不能说七言诗到张衡时才产生。

退一步言,即使不信《柏梁台联句》是西汉诗,亦不信刘向等人的《七言》是诗,总不能否认在张衡之前早已存在着许多的七言韵语。除那些名为"七言"的以外,这些七言韵语还包括东方朔射覆口号,《凡将》、《急就》等歌诀,及汉成帝以来的七字评等等:这都是我那篇拙文已经举出的。这里我再引戴良的《失父零丁》:

> 敬白诸君行路者,敢告重罪自为祸,积恶致灾天困我,今月七日失阿爹。念此酷毒可痛伤!当以重币用相偿,请为诸君说事状。我父躯体与众异,脊背伛偻卷如截,唇吻参差不相值。此其庶形何能备?请复重陈其面目,鸱头鹄颈口獝狗,眼泪鼻涕相追逐,吻中含纳无牙齿,食不能嚼左右蹉。□似西域□骆驼,请复重陈其形骸,为人虽长甚细材,面目芒苍如死灰,

眼眶白陷如羹杯。

戴良是后汉人，略前于张衡。此文见《太平御览》五九八，全文显为七言句组成（偶有参差，或由脱误），且有韵。既然张衡以前已有这许多七言韵语，他的七言诗自然是采用现成的体制。并无理由说它们是从骚体诗歌变化而来。

从"七言"不名诗这一层看来，知道当时人对于七言韵语视为俗体。从傅玄《拟四愁诗》序看来，知道晋人观念亦尚如此。（傅玄谓《四愁》"体小而俗，七言类也"，这"七言"二字自是指刘向等人所曾作的"七言"之体，兄于此语似略有误会。）从歌诀、《零丁》都用七言这一事实看来，可以知道七言韵语确为当时流行的俗体。从七言韵语为当时俗体这一层看来，可以知道其渊源应是谣谚而非楚辞。至于谣谚与七言诗的关系我以前已详论，现在没有什么补充，不再赘。以下更就我兄的"零碎意见"，稍事商榷。

关于《成相》的解释，我仍信俞说。兄谓"相"即瞽之相导者，引《周礼·春官·乐师》"令相"注"瞽师盲者，皆有相导之者"为说。然瞽之掌乐为世官，不一定都是盲者。汪容甫对此有解说，见《述学》。

关于《世说》所载王子猷"昂昂若千里之驹，泛泛若水中之凫"两句话，兄以为这是为七言诗举例，我以为绝不是。王子猷此语的真正意思我实在不了解，但这是形容七言诗而非举例，则可断言。这两句虽各为七字，但实非诗句。他既欲举例，不举现成的七言诗句，而故意将《卜居》之语"斩头去尾"，似无此理，若因为他借用了《卜居》之语来形容七言诗，便说他认七言诗出于楚辞，似亦无此理。

此外来书对拙文有些误解之处,虽属枝节,似乎也不可以不辩。我曾说《四愁》每章开端的形式,是从七言歌谣中"三三七"这一个普通的发端形式变来。兄谓我既认三言诗出于楚辞,即是认《四愁》亦出于楚辞。这是很大的误会。三言诗与七言诗中的三三七发端形式并不是一回事。三言诗确是出于楚辞,那是到汉武帝时才产生的;三三七句式并非出于楚辞,那是《越谣歌》、《成相辞》中已经有的。若混为一谈,就不免缠夹了。

其次,我曾说七言谣谚和其他七言韵语之流行早于五言,五言诗之盛反早于七言,其原因系于入乐的早迟。兄意不谓然,说:"三言入乐较五言尤早,如《郊祀歌》之《练时日》、《天马》等,而三言诗为何不发达呢?可知谓一体之盛衰系于入乐早迟之说尚有讨论之余地。"这里我首先否认我曾说过"一体之盛衰系于入乐早迟"的话,我的意思只是将五七言诗作比较,我将五七言诗作比较的缘故,是因为五七言诗都是源于谣谚。三言诗不在讨论之列,因为它不是出于谣谚,诗体盛衰并不系于入乐早迟,但五言诗之盛所以早于七言诗,却是因为它入乐早于七言诗。我现在仍然这样想。

总之,我那篇拙文的《七言与七言诗》一章似乎未蒙多予注意,对一些小地方又略有误解,所以对我的结论不以为然。现在希望对我的补充和辩正处再赐指教。即颂时祺。

弟冠英再拜二月五日于昆明蒜村(一九四四)

关于七言诗起源问题的讨论

与余冠英先生论七言诗起源书

冠英兄:弟上年教文学史,对于七首诗起源,只照一般的说法,略微提及。今年重教此课,将《国文月刊》所载大作《七言诗起源新论》细细拜读一过,不胜钦佩。然亦不无疑问,乞教正焉。兄谓:

> 七言歌谣常常以两个三言句起头,……《四愁诗》每章第一句作□□□兮□□□式……是三三句的变形,是从歌谣变来的。

但在另一节又说:

> 《山鬼》、《国殇》演化为三言是很自然的。

是兄虽明说《四愁》不源于楚辞,而实际还是认为《四愁》是源于楚辞的。与其说"□□□兮□□□"是"□□□ □□□"的变形,何如不让它"变"呢?(在另一节兄又认为楚辞也是歌谣)

今欲证明《四愁》源于楚辞,还得从头起说。兄将楚辞之近于七言者分为五六个式子,以弟之见,可将此五六个式子并为三式:

(一)甲、子慕予兮(也)善窈窕——《山鬼》
　　　　援玉枹兮(以)击鸣鼓——《国殇》
　　乙、五子用失乎家巷——《离骚》
　　　　至今九年而不复——《九章》
　　丙、余将董道而不豫(兮)——《九章》

　　　　太公九十乃显荣(兮)——《九辩》

（二）上下未形,何由考(之)——《天问》

　　　　璜台十成,谁所极(焉)——《天问》

　　　　受命不迁,生南国(兮)——《九章》

　　　　天地四方,多贼奸(些)——《招魂》

（三）悲忧穷蹙(兮)独处廓,有美一人(兮)心不绎——《九辩》

　　　湛湛江水(兮)上有枫,目极千里(兮)伤春心——《招魂》

这样子一排列,可以看出楚辞渐渐演化为七言诗的大概程序。第三式最近七言诗,第三式《九辩》、《招魂》也最晚出。下至秦汉的楚辞体的诗歌,便接着这个程序渐渐变为完整的七言句了。今为明白事实起见,将秦汉楚辞体的诗歌,依其时代先后,照钞如下:

　　风萧萧兮易水寒(第一式)壮士一去兮不复还(第三式)——《易水歌》

　　大风起兮云飞扬(第一式)威加海内兮归故乡,安得猛士兮守四方(第三式)——《大风歌》

　　秋风起兮白云飞(第一式)草木黄落兮雁南归(第三式)——《秋风辞》

　　吾家嫁我兮天一方,远托异国兮乌孙王,穹庐为室兮毡为墙……(第三式)——乌孙公主《悲愁歌》

　　桂树丛生兮山之幽,偃蹇连卷兮枝相缭,山气陇崟兮石嵯峨……(第三式)——淮南王《招隐士》

　　径万里兮度沙漠,……(第一式)老母已死,虽欲报恩将安归(完整的七言句)——李陵《别歌》

　　秋素景兮泛洪波,挥纤手兮折芰荷(第一式)凉风凄凄扬

棹歌,云光开曙月低河,万岁为乐岂云多。(完整的七言句)——昭帝《淋池歌》

天造草昧、立性命兮,后心弘道、惟圣贤兮,浑元运物、流不处兮,保身遗名、民之表兮,舍生取谊、以道用兮,忧伤夭物、忝莫痛兮,皓尔太素、曷渝色兮,尚越其几、沦神域兮(第二式)——班固《幽通赋》乱辞

天长地久岁不留,俟河之清只怀忧,愿得远渡以自娱,上下无常穷六区,超逾腾跃绝世俗,飘飘神举逞所欲,天不可阶仙夫稀,柏舟悄悄吝不飞,松乔高跱孰能离,结精远游使心携,回志揭来从玄谋(案兄引刘向《七言》"揭来归耕永自疏",亦见此句李善注。)获我所求复何思。(完整的七言诗)——张衡《思玄赋》系辞

观以上诸例,可得以下结论:

(一)七言诗源于楚辞,毋庸怀疑。楚辞体的李陵《别歌》及昭帝《淋池歌》中的七言句,如使其恢复楚辞的形式,只须于其句中加一"兮"字便得。同理,张衡的《四愁诗》除第一句仍保持楚辞原形外,以下的句子如"欲往从之梁父艰,侧身东望涕沾翰",亦只须于其句中或句尾加一"兮"字或"些"字,便又回到楚辞的第(二)、(三)式。曹丕的《燕歌行》亦然,这只消将《燕歌行》和《秋风辞》比便知:

　　草木黄落兮雁南归——《秋风辞》
　　草木摇落(兮)露为霜——《燕歌行》

至于其内容，《四愁序》明说"效屈原以美人为君子，以珍宝为仁义"。《燕歌行》的头三句亦显然脱自《九辩》"悲哉秋之为气也，萧瑟兮草木摇落而变衰，……燕翩翩其辞归兮……雁嗈嗈而南游兮"。

（二）七言诗完全是从楚辞第（二）、（三）式变来的。由秋风辞"草木黄落兮雁南归"至《燕歌行》"草木摇落露为霜"是第（三）式变为七言诗的实例。《幽通赋》乱辞变为《思玄赋》系辞是第（二）式变为七言诗的实例（《思玄赋》原为模仿《幽通赋》而作，同出《离骚》）。第（二）、（三）式原可互用，第（二）式可以改为第（三）式，第（三）式也可以改为第（二）式。吾兄于用笔行文时，思想只集中在第（一）式之不能变为七言，故未及注意第（二）、（三）式变为七言之事实。

（三）历来论七言诗者多举张衡《四愁》为例，而不举其《思玄赋》系辞，实则后者较前者尤为重要。

（四）七言诗之源出楚辞既昭然若此，故当晋朝一般人尚不知七言为何物时，王子猷却独具只眼，最先说出七言诗源出于楚辞的话来，《世说新语·排调》篇载：

> 王子猷诣谢公，谢曰："云何七言诗？"子猷承问，答曰："昂昂若千里之驹，泛泛若水中之凫。"

注曰：出《离骚》，案注云《离骚》当指《卜居》而言，《卜居》原作："宁昂昂若千里之驹乎？将泛泛若水中之凫乎？"子猷为之斩头去尾略易其文耳。此例虽不甚好，要可借悉王子猷乃最早认为七言诗源出楚辞者。

兄又谓:"七言谣谚中很多以一句成章的,这是七言诗的特点,这可以说明七言歌谣和早期的七言诗为什么每句都押韵。"但楚辞及楚辞体的诗歌亦多有句句押韵的,如:

有美一人兮心不绎,去乡离家兮来远客——《九辩》
　　天地四方多贼奸些,像设君室静闲安些,高堂邃宇槛层轩些——《招魂》

其余《易水歌》、《秋风辞》、《淋池歌》,亦莫不然,尤其《思玄赋》系辞,也是句句押韵,如果承认《思玄赋》出自《离骚》,便不能说其系辞又出自歌谣。

兄又引傅玄评《四愁》语"体小而俗,七言类也"及颜延之评汤惠休语"委巷歌谣",似为吾兄立说之所本。但颜延之的话是否指汤惠休的七言而言,本不能确定,如沈德潜《古诗源》于惠休五言《怨诗》行下注云:"颜延之谓惠休制作委巷间歌谣耳,方当误后生,岂因其近于艳耶?"由"误后生"的话看来,似乎不会是指其七言,七言没有误后生的罪过。沈德潜的猜测,纵不中,亦必不远。因此推论傅玄评《四愁》的话,大概也是指其"俗艳"而言,《四愁》原系仿效屈原美人香草之旨,原打算"兴寄深微",而结果适得其反,所谓"体小而俗",便是拿它和《离骚》比较的结果,说它比之《离骚》为体小而俗,"俗"就是"兴寄深微"的反面,并不是说它出自俗谣,至于为何它不能兴寄深微,由傅玄所说"七言类也"一句可知系体裁使然,即是说七言的形式根本不宜于兴寄深微。这可由多方面证明之:

(一)《文心雕龙·明诗》篇说:"若夫四言正体,雅润为本。五言流调,清丽居宗。"《本事诗》引李白说:"兴寄深微,五言不如四言,七言又其靡也。"李白的说法实出自《文心》。

(二)盛唐边塞诗派以气势为主,无须兴寄深微,故此派多七言,自然诗派以意为主,需要兴寄深微,故此派多五言。

(三)沈德潜《古诗源》于鲍照七言《拟行路难》下注云"悲凉跌宕曼声促节体自明远独创",这说明了七言不宜于兴寄深微之故,即因其曼声促节,也说明了鲍照为唐边塞派之先声。

关于荀卿的《成相辞》,兄取曲园先生之说,认为"相"是送杵声,因而推论《成相辞》是采用民歌的体式和腔调。弟则以为当取卢文弨"瞽必有相"及王念孙"请成相者,请言成治之方也"二说而论之。尔雅释诂"相,导也",《周礼·春官·乐师》"令相"注曰"瞽师盲者,皆有相道之者"。《成相辞》既明谓"如瞽无相何伥伥",可知"相"即瞽之相道者。《成相辞》盖即借相道瞽者之意,以申明人主成治之方。不知兄谓然否?

又兄谓"现存的西汉歌谣只是极少的一部分"。正因为其少,故欲证明其为七言之源,颇嫌不足。至于东汉歌谣虽渐多,但其与汉民间乐府,在七言诗的起源上说来,都已失去重要性了。因为汉乐府的时间无法确定,若大概而论,恐多为东汉的作品。如《西门行》"人生不满百,常怀千岁忧……自非仙人王子乔,计会寿命难与期",似变十九首而为者,而先此的张衡,早就有了《思玄赋》系辞的完整的七言诗了。再一层,汉乐府句多质直,如《有所思》、《战城南》等所有的七言句,与《四愁》、《燕歌行》亦不类。若说陈琳《饮马长城窟》及缪袭《克官渡》一类的七言诗近于汉乐府,倒无不可。

又兄谓"七言谣谚和其他七言韵语之流行早于五言","五言诗之盛反早于七言,其原因系于入乐的早迟是很明显的"。"五言歌谣入乐府在东汉时。"但三言入乐较五言尤早,如《郊祀歌》之《练时日》、《天马》等,而三言诗为何不发达呢?可知谓一体之盛衰系于入乐早迟之说,尚有讨论之余地。五言所以早于七言发达,恐与字数多寡以及"兴寄深微"有关。李白说兴寄深微七言不如五言,则有之;五言不如四言,则未必。我不想再多事揣测了。

总之,兄文对于七言诗起源问题所谈颇广,不独对弟甚多启发,即在文学史上亦将永垂不朽。惟弟读书多疑,兄所素知;因揭《四愁诗》及《燕歌行》当源于楚辞之荦荦大者,竭诚请教(其他零碎意见,亦并附求正)。至若以稍后于《四愁》、《燕歌行》之陈琳《饮马长城窟行》及缪袭《克官渡》等七言诗观之,则尊说仍为不刊之论。此亦犹如绝句,因时代之不同,故有先后二源,不知兄谓然否?专此顺颂

箸祺。并候

赐正。

弟嘉言上十二月二十日深夜于兰州十里店

冠英兄:前函去后,续见马融《长笛赋》赞词亦系完整的七言诗,可补在张衡《思玄赋》系辞之后,今录其辞于下:

> 近世双笛从羌起,羌人伐竹未及已。龙鸣水中不见己,截竹吹之声相似。剡其上孔通洞之,裁以当簻便易持。易京明君识音律,故本四孔加以一。君明所加孔后出,是谓商声五音毕。

又宋玉《神女赋序》有似王子猷所举《卜居》的句子,可列为楚辞近于七言诗之第四式,今亦照钞如下:

> 耀乎若白日初出照屋梁……皎若明月舒其光……则罗纨绮绩盛文章,极服妙采照万方……婉若游龙乘云翔。

附　　录

《汉魏六朝诗选》前言

从汉兴到隋亡约八百年。在这一段时间里,诗歌园地中生长了不少花果。我们想通过这个选集向读者介绍其中重要的部分。

这里选录的诗约三百首,其中有几组或几家的诗选得比较多,从数量上可以看出这些是重点部分。在汉代诗歌里重点部分是乐府歌辞中的民歌和无名氏的五言诗(包括《古诗》和曾经被误认为李陵、苏武所作的那些"别诗")。魏代的重点是曹植和阮籍的诗。西晋的重点是左思的诗。东晋的重点是陶渊明的诗。刘宋一代以鲍照的诗为重点。南齐以谢朓的诗为重点。南北朝的乐府民歌各为重点之一。庾信的诗也是一个重点。从这些重点部分可以看出乐府民歌和无名氏的作品在汉魏六朝诗里占了不小的份量。

这个选集分为四卷:汉诗一卷,魏、晋诗一卷,宋、齐诗一卷,梁、陈、北朝、隋诗合为一卷。

从汉魏六朝诗的发展过程看来,两汉是由于民歌被大量集中、整理、加工,在《诗经》、《楚辞》之后开创诗坛新局面,又在这些民歌的丰富营养和《诗经》、《楚辞》的一定影响之下,产生五言诗体的时代。魏晋诗歌(以五言为主)在曹植、阮籍、左思、陶渊明这些优秀作家的手里,沿着一条现实主义道路,继续发展,形成《古诗》之后的新的典范。在东晋、宋、齐,长江流域和汉水流域产生大量民歌,宋、齐是诗歌在民歌的新影响和其他新条件新要求之下变化翻新的时代。梁至隋是"宫体诗"的逆流泛滥,形式主义的影响较大,杰出作品比较稀少的时代。北朝诗歌除民歌呈现异彩之外,文人诗的作风和梁、陈大体相似。

关于各阶段诗歌的具体特征,在下文还要说明。

一

在汉初的六七十年间诗坛还十分寂寞,高祖唐山夫人的《安世房中歌》和韦孟的《讽谏诗》、《在邹诗》,曾经被封建时代的文人认为"大文字",其实这些文字不过是模仿《诗经》,因袭《楚辞》,并无意义,还不如《垓下》、《大风》之类的抒情短歌,表现新鲜的风格。这两首都是楚歌体,楚歌原是楚地的民间形式。我们以《垓下歌》和《大风歌》填充这一段空白,可以表示汉初诗歌和楚文学的衔接。

从汉武帝立乐府,采诗合乐以后,许多闾巷歌谣被记录、集中,因而流传。尽管这些民歌不免在记录和配乐的时候被统治阶级所改动,它们的"感于哀乐,缘事而发"的现实主义精神和劳动人民的粗犷气息终不能掩。

这些诗真实地直接描写了下层人民的悲苦生活。例如《妇病行》写一个穷人,妻死儿幼,向人乞讨;《十五从军征》写一个老兵,从十五岁服兵役直到八十岁,临了却无家可归。只有生活在这些受难者之间的人,才会以那样同情的精神歌唱这些故事。

这些诗也反映了人民对于这种生活的不满和反抗,例如《东门行》,写一个贫民因为无衣无食铤而走险,《战城南》和《东光》写军士对于战争的诅咒,都有鲜明的斗争性。

这些诗也描写了上层社会的生活,用人民的眼光来作批评。例如《陌上桑》暴露了使君的丑恶和愚蠢,赞美了罗敷的坚贞。《陇西行》称扬了一个独力支持门户的"健妇"。其中的爱憎褒贬,显然和统治阶级文人所持的标准有别。

上面所举的例子都是叙事诗。徐祯卿《谈艺录》云:"乐府往往叙事,故与诗殊。"以叙事为主确实是汉乐府民歌最显著的特色。《诗经·国风》里没有叙事诗,南朝乐府民歌里也没有叙事诗,北朝乐府民歌里只有一首《木兰诗》,而汉代叙事乐府在十五篇以上。本书所选还有《孤儿行》、《艳歌行》、《孔雀东南飞》、《上山采蘼芜》等篇,这些诗或写生活中小小的片段,或叙有头有尾的故事,反映社会上大大小小的矛盾。汉乐府因为多叙事,篇幅一般也比较长,象《孔雀东南飞》那样一千七百多字的长篇,代表汉乐府叙事诗发展的顶峰,在文学史上是非常突出的。

汉乐府里的民歌正与《诗经·国风》和南北朝乐府里的民歌相似,不乏表现男女爱情的作品,但是在汉乐府里却有几篇因为特别慷慨、强烈,给人不同的印象。例如《上邪》篇,一气连举五件事来发誓,说明除非天地合并、世界毁灭,爱情不会终止。这和《诗经·鄘风·柏舟》的"之死矢靡它"和《吴声歌曲·欢闻变歌》的"没命成灰土,终不罢相怜"本是同样的感情,但这里却写得如此的奔放。又如《有所思》写相思变态,那样激动,《公无渡河》写悲歌长号,那样地如闻其声,都是淋漓尽致,给人很强烈的感动。

不仅写男女之情是这样,象《古歌》写旅客的哀愁,《蒿里》写死生的伤感,前者气象惨急,后者简直高亢,都是喷涌而出,不假文饰的。在汉代的乐府民歌里此类例子也见特色。

比兴的运用在汉乐府民歌里有所推广。《豫章行》和《南山石嵬嵬》通篇用树木喻人,《枯鱼过河泣》、《乌生》和《艳歌何尝行》通篇将鱼鸟拟人,都显出活泼的想像力,使读者感到"奇趣"。在《诗经·国风》里只有《鸱鸮》一篇可比。

今天还存在的汉乐府民歌并不多,但内容却异常丰富,它们真实地揭露封建社会种种矛盾,艺术特色又极鲜明,不但本身是文学宝库里灿烂的珠玉,而且给作家无穷的启发,引起热烈的模仿,影响了诗歌发展的道路。

汉乐府民歌原来句式没有一定,汉初的《薤露》、《蒿里》两歌和武帝、宣帝时代的《铙歌》都是杂言,后来却趋向整齐的五言诗体。文人仿作乐府,兴趣偏于五言,到了汉末便形成五言诗特别繁荣的气象。

汉末的许多五言诗,因为作者的姓名不可考,从晋代以来就被称为《古诗》。其中有十九首被萧统收入《文选》,代表当时五言诗最高的成就。这些《古诗》大多数是文人模仿乐府民歌而作,其中有许多是入乐的歌辞①。

关于《古诗》的作者,在齐、梁时代曾有一些传闻臆测之词,《文心雕龙·明诗》:"古诗佳丽,或称枚叔。其'孤竹'一篇,则傅毅之词。"《诗品》上:"《去者日以疏》四十五首,……旧疑是建安中曹、

---

① 《古诗》的《青青陵上柏》、《迢迢牵牛星》、《兰若生春阳》、《上山采蘼芜》等篇,唐、宋人引用时称为"古乐府"。其余又有诗句象歌人口吻或体制上带有乐府歌辞的特色,都表明它们曾经入乐。

王所制。"其实《古诗》不可能产生于枚乘时代,锺嵘就有"王、扬、枚、马之徒,辞赋竞爽,而吟咏靡闻"之说(见《诗品·总论》),西汉除少数五言歌谣之外并无五言诗,所有传为西汉之作的五言诗实际都是东汉作品,这些经近人考订,已有定说,不需要详细说明了。《古诗》也不可能产生于傅毅时代。傅毅与班固同时,班固有《咏史》五言诗一首,锺嵘评为"质木无文"(《诗品·总论》),其时文人才开始试作五言诗,还不可能有《冉冉孤生竹》这样的成熟之作。如果傅毅曾作五言诗,锺氏《诗品》竟不提一字,也是不可能的。

　　如果说《古诗》产生于曹植、王粲的时代,也有很多疑问。因为《古诗·青青陵上柏》所描写的洛阳情况还是第宅罗列,冠盖往来。另一首与洛阳有关的《古诗·驱车上东门》也并未反映洛阳的残破。到曹、王时代,洛阳早经过董卓的焚烧,已变成"垣墙皆顿擗,荆棘上参天"了(见曹植《送应氏诗》)。此其一。《世说新语·文学》篇记载王恭称"所遇无故物,焉得不速老"①为《古诗》佳句。王恭是晋代人,晋代人对于魏代的诗不应该不知道作者而称为"古诗"。如果属于曹、王等名家,更不应该不知道。此其二。曹植诗曾受到《古诗》的一些影响,例如《怨诗行》、《浮萍篇》、《游仙》和《门有万里客行》等篇都有用《古诗》或仿《古诗》词句的地方。显然《古诗》应在前。此其三。由于上述理由,我们相信近代一般文学史研究者的看法,《古诗》应是东汉桓帝、灵帝时代的产品。不过这也是大概的说法,《古诗》各篇的风格虽然大致相近,终究不是一人一时之作,很难说其中没有少数诗篇略早或略晚于桓、灵之世。尤其是建安时代,紧相衔接,现存的建安诗和《古诗》相似的也不

---

① 这两句属于《古诗十九首》中的《回车驾言迈》篇。

少,《古诗》中杂有少数建安时代的作品也并非绝对不可能。《古诗》中既有许多曾经入乐的歌辞,它们在传唱中也许屡经润饰。郑振铎先生怀疑《十九首》到建安曹、王之时才润饰到如此完好(《插图本中国文学史》),这也是可能的。

《古诗》的作者既然姓名不彰,何以见得其中大多数是出于文人之手,而不是出于民间呢？这是从《古诗》内容可以看出来的,象"驱车策驽马,游戏宛与洛","思君令人老,轩车来何迟","昔我同门友,高举振六翮"等等,所反映的生活都不是下层人民的生活。又如"盛衰各有时,立身苦不早","不如饮美酒,被服纨与素","何不策高足,先据要路津","委身玉盘中,历年冀见食","人倘欲我知,因君为羽翼"等等,所反映的思想都不是下层人民的思想。其次,从诗的语言也可以判定。象"晨风怀苦心,蟋蟀伤局促",用《诗经》中的篇名,"道路阻且长"用《诗经》中的成语,"弃我如遗迹"用《国语》中的词汇,这类的例子很多,表明《古诗》中有许多知识分子语言。此外,《涉江采芙蓉》篇用《楚辞》的意境,也见出是文人之作。

《古诗》中杂有少数民歌。这也是从内容和语言可以辨别的。象《十五从军征》和《上山采蘼芜》所反映的生活都属下层,语言风格具有民歌的特征,和乐府中的"街陌谣讴"没有分别,断非文人所能模仿。这类诗,本书虽从一般选本惯例,列在古诗,注中已说明它们和一般古诗的区别。上文已经将它们作为乐府民歌的例子来举述了。

《古诗》的大多数虽是文人之作,但因为它们是模仿乐府民歌的,题材并没有超出乐府民歌中最普遍的相思、离别、客愁和一般的人生慨叹等等。《古诗》也常常套用乐府民歌的句子,如"相去日已远,衣带日已缓","浮云蔽白日","弃捐勿复道","客从远方来"等等。有些《古诗》可能是根据民歌加工改写的,痕迹显明者如《生年不满百》篇,将原系杂言的乐府民歌《西门行》改为五言。正如《玉台新咏》所载的《飞鹄行》把杂言的《艳歌何尝行》改为五言。模仿与加工改写就是民歌过渡到文人制作的一般过程。

  《古诗》作者专仿乐府民歌中的抒情之作,而表现方法却倾向于委曲含蓄,婉而多风。其中游子他乡和失志彷徨之词表现作者处于衰乱之世的苦闷,哀怨虽深却只是"平平说出,曲曲说出"①,至于模拟思妇之词更是如此。后代评论者往往称赞它们"直而不野"②,或"清和平远"③。《古诗》的语言虽然带文人诗的色彩却不失为生动自然,和乐府民歌相去不甚远,所以给读者的印象是"若秀才对朋友说家常话"④。

  过去称为苏、李赠答的那些五言诗同样具有上述的风格特征。所以王士禛《渔洋诗话》说:"《河梁》之作与《十九首》同一风味。"锺嵘《诗品》提到《古诗》的篇数有五十九首⑤,现存的《古诗》却不足此数,很可能因为被人附会,加上作者名字而划到《古诗》以外去了。所谓枚乘《杂诗》,苏、李赠答,都是这样来的。枚乘的《杂诗》本是《古诗》,比较容易辨明,因为有《文选》作证。苏、李赠答既与《十九首》相类,我们也不妨这样揣测。本书将过去题为苏武、李陵作的五言诗改题为《别诗》(因其内容都写离别),列在《古诗》之

---

① 朱自清语,见《朱自清文集》四。
② 见《文心雕龙·明诗》篇。
③ 沈德潜语,见《古诗源》卷上。
④ 谢榛语,见《四溟诗话》卷三。
⑤ 《诗品》上:"陆机所拟十四首。文温以丽,意悲而远,惊心动魄,可谓一字千金。其外《去者日以疏》四十五首,虽多哀怨,颇为总杂。"

后,表示它们属于相同的时代,同是建安诗的前驱。

二

魏、晋两代共约二百年,这时期是五言诗发展的重要阶段,是文人五言诗优良传统构成的关键时期。

紧接着《古诗》时代的是建安时代。建安文学以曹氏父子为中心,其他重要作家都是曹氏的僚属。"七子"中除孔融和阮瑀之外都活到公元二一六年曹操立为魏王以后。曹操本人既算作魏代诗人,其余作者自当放在魏代叙述。

建安诗人写作了许多乐府歌辞,从民歌吸取营养,五言的抒情诗是他们的作品中的主要部分。其中有些和《古诗》很相近,例如曹丕的《漫漫秋夜长》、《西北有浮云》,曹植的《明月照高楼》、《浮萍寄清水》等篇都和《十九首》相似。不过总的说来,这两个时代的诗歌风格是不同的。

关于建安诗歌,《文心雕龙》总括地说明道:"文帝、陈思、……王、徐、应、刘,……慷慨以任气,磊落以使才。"(《明诗》篇)又道:"观其时文,雅好慷慨,良由世积乱离,风衰俗怨,并志深而笔长,故梗概而多气也。"(《时序》篇)作为建安诗风格特征的正是这"慷慨任气",而《古诗》的风格,如果同样用《文心雕龙·明诗》篇的话来说明,就是"怊怅切情"。

建安诗的慷慨有两种主要的内容:一是对于乱离中人民疾苦的悲悯之心;一是要求澄清天下,建功立业的热情壮志。前者在那些具体叙写丧乱的诗中表现得最明白,如曹操的《薤露行》、《蒿里行》,王粲的《七哀》都是。后者表现于那些忧时与自述的诗句。例如曹操《秋胡行》道："不戚年往,忧时不治。"《步出夏门行》道："烈士暮年,壮心不已。"曹植《鰕䱇篇》道："高念翼皇家,远怀柔九州。抚剑而雷音,猛气纵横浮。泛泊徒嗷嗷,谁知壮士忧!"《薤露行》道："人居一世间,忽若风吹尘。……怀此王佐才,慷慨独不群。"这些慷慨之音,不但反映了社会的丧乱,也反映了这个时代文人的积极精神。用曹植的话说,正是所谓"烈士悲心"(《杂诗》),和《古诗十九首》中的那些哀怨显然是不同了。建安时代社会大动乱尚未平定,和还处在暴风雨前夕的桓、灵之世不同。建安作家是半生戎马或备历忧患,能深深体会时代苦难的知识分子,和仅仅因为处在衰世而彷徨苦闷或因漂泊失意而忧伤慨叹的《古诗》作者也不同。因此反映在他们作品里的情调,有上述的差异,是不难理解的。

曹植由于政治上受压抑的特殊遭遇,要求表现才能,要求从"圈牢"中解放和要求传名后世的心特别迫切。因此产生一些求自试的诗,歌颂游侠的诗,或借游仙、咏史、赠别及寓言表示苦闷、发抒抑郁的诗。这些诗也往往带着强烈的感情,表现鲜明的个性。

建安诗比较《古诗》题材更丰富,境界较阔大,这些是显而易见的。在曹植的诗中有了诗人自己的"我",有了更华茂的词采,这都是作家诗的特色。不过在曹植的笔下依然保存着闾里歌谣刚健清新、明白诚恳的本色,不致因为运用"雅词"而致柔弱,或丧失自然。曹植也有些五言诗和《古诗》相近,上文已经举例了。他的赠别诗和所谓苏、李诗也有很相似的,《赠应氏》第二首尤为显然。语言风格的自然是这些诗的共同特色,它们所属的时代本来相去不远啊。

锺嵘《诗品》认为《古诗》和曹植的诗都"出于《国风》",如果这话的意思是说它们导源于民歌,却是不错的,它们都和汉乐府民歌有密切的关系。不过它们也都受到《楚辞》的影响。除开词语的沿用不论,《古诗》里那些"失志"之作(如《明月皎夜光》等)就通向《楚辞》,其独语、叹喟的情调近于《九辩》。曹植诗中的《盘石篇》和《游仙》诸作,命意都像《远游》。其余忧谗畏讥、牢骚哀怨之作也通向《楚辞》。五言诗从《古诗》到曹植,再进一步到阮籍笔下,文人化的程度加深了,《楚辞》的影响也更加浓重了。

阮籍的《咏怀诗》八十五首(其中八十二首是五言诗)离开了乐府民歌和《古诗》里的游子、思妇等普遍的内容,集中地写他的嗟生、忧时、愤世、疾俗的思想感情。他的诗第一显著特点就是隐晦难懂。颜延之说他"虽志在刺讥而文多隐避,百世而下难以情测"(《咏怀诗》注)。他处在曹氏和司马氏争夺政权的夹缝中,对曹魏的腐败和司马懿父子的暴横都不能不憎恨,憎恨使他不能沉默,但又不能明白痛快地倾吐。于是"隐避"便成为不得不用的手法。他"本有济世志"(《晋书》本传),但在那样政治窒息的时代,他却不得不力求韬晦,甚至避世。这一种矛盾产生苦闷,却只能用诗来发泄。他的苦闷太深沉了,发为文章不免"反复零乱",这也会产生隐晦难懂的结果。沈德潜说"遭阮公之时自应有阮公之诗"(《说诗晬语》卷上),读阮诗应该注意到作者的忧患背景。

畏祸避世是作者思想中的消极部分,文字隐晦也不能不说是艺术上的缺点,虽然在作者是不得已,读者却不能肯定这些方面。阮诗动人之处当然也不在这些方面。

阮籍本是老庄的信徒,他以道家思想为武器来反对统治阶级所利用的名教礼法,在当时是有进步意义的。他在《大人先生传》里所写的理想人格,在诗里也不断地歌颂,他所憎恶的如"虱处裈中"的那些庸俗人物,在诗里也加以鞭挞。他也歌颂壮士,歌颂气节,赞美"临难不顾生,身死魂飞扬",承认"忠为百世荣,义使令名彰"。他虽然提出"千秋万岁后,荣名安所之"的怀疑,但也表示了"生命几何时,慷慨各努力"的态度。

从《咏怀诗》中的歌颂与刺讥看出作者强烈的爱与憎,也见到一定的斗争性。严羽《沧浪诗话》说阮诗"有建安风骨"。阮诗也是"慷慨任气"的,所以和建安诗有共同之点。

阮诗往往述神话,有奇丽的想像,多用比兴,托于鸟兽草木之名,所以和《楚辞》又有类似的色彩。大致阮籍有所继承的古人主要是庄周和屈原。钟嵘说"其源出于《小雅》"(《诗品》上),或许因为阮诗"志在刺讥",和《小雅》中某些内容近似。汉刘安曾说:"《国风》好色而不淫,《小雅》怨诽而不乱,若《离骚》者可谓兼之。"钟嵘的话也使人将阮诗和《离骚》作联想。

诗发展到晋代渐渐产生模拟古人,与现实生活不发生关系和宣扬老庄思想,"平典似道德论"的诗。这都是脱离现实生活的逆流。在这样的逆流中特别显出左思、刘琨、陶渊明这些作家的可贵。

《咏史》八首是左思的代表作,这八首诗借歌咏古人古事抒写作者自己的怀抱,同时批评了当时的社会。当时门阀制度已渐形成,仕进的道路被世家大族所垄断,出身寒微的人不得不屈居下位。《咏史》诗正反映了这种高门与寒门之间的矛盾。《咏史》虽只八首,却清楚地说明了作者由希企用世到决心归隐的思想变化过程。他抱着"铅刀一割"的雄心和攀龙附凤的幻想移家洛阳。现实的教育渐渐使他对环境有了清醒的认识,破灭了他的幻想。当他明白了"世胄蹑高位,英俊沉下僚"是牢不可破的陈规之后,他的不平和反抗情绪激发起来了。于是决心退出"攀龙客"之群。"被褐出阊阖,高步追许由。振衣千仞冈,濯足万里流"就是作者向统治势力宣告决裂的宣言。诗中并没有一般失意者叹老嗟卑的言语，却把高度的蔑视投向那些权贵，唱出："高眄邈四海，豪右何足陈。贵者虽自贵，视之若埃尘；贱者虽自贱，重之若千钧。"

豪迈高亢的情调和劲挺矫健的笔调是左思《咏史》诗的特色，这也就是锺嵘所说的"左思风力"①。这个"左思风力"和"建安风骨"正是一脉相承的。

刘琨原是贵公子出身，青年时代曾经和石崇等人在金谷园追游酣宴，过的是浮华生活。当时虽有吟咏，并未流传。到中年以后，汉族和当时居于西北地区的民族的矛盾严重起来，他投身前线，作极艰苦的斗争，思想有了剧烈的变化。他在《答卢谌书》中道："昔在少壮，未尝检括。远慕老庄之齐物，近嘉阮生之放旷。……自顷辀张，困于逆乱，国破家亡，亲友凋残，负杖行吟则百忧俱至，块然独坐则哀愤两集。……然后知聃、周之为虚诞，嗣宗之为妄作。"从这里可以看到时代现实和生活实践对于一个作家的教育。

现存的刘琨诗仅有三首，都是中年以后的作品，都充满爱国的热情。本书所选的两首尤其悲壮。锺嵘称刘诗"自有清拔之气"（《诗品》中），刘勰说"刘琨雅壮而多风"（《文心雕龙·才略》），都是中肯的评语。元好问《论诗绝句》将他和曹操并举②，正因其悲歌慷慨，彼此有类似之处。

陶渊明的生活主要是隐居躬耕，他的诗以很多的篇什歌咏隐

---

① 《诗品》中"陶潜"条："其源出于应璩，又协左思风力。"
② 《论诗绝句》第二首："曹刘坐啸虎生风，四海无人角两雄。可惜并州刘越石，不教横槊建安中。"

逸,描写田园,因此称他为"隐逸诗人"或"田园诗人"都是恰当的。不过"隐逸"还不能说明陶渊明的全部思想,"田园"也不能代表他的全部诗篇。鲁迅就曾举出《读山海经》"刑天舞干戚,猛志固常在"等句说明陶诗有"金刚怒目"的一面,又举《述酒》一篇说明陶渊明也关心政治,对于世事并未遗忘①,反映了人民的愿望。他也写过《桃花源诗》谈他的政治理想,向往于没有剥削的社会,这确是陶诗的重要一面,绝不能忽略。此外还须注意到陶渊明歌咏隐逸的诗也并非全属"飘飘然",描写田园的诗也并非都是"静穆"的;往往是冲淡中有勃郁,达观里有执着,也必须善为辨别。

陶渊明因贫而仕,由仕而隐。他之所以"归田"、"辞世",是由于高傲,耻"为五斗米折腰";是为了自洁,不肯参加污浊的政治;是由于慕自然,以仕途为"尘网"或"樊笼";也是为了避祸保身,用他自己的话就是"庶无异患干"。这些想法有一些近于左思,也有一些同于阮籍,但结果却和左、阮不相同。他走向田园之后就接近了农民,参加了劳动。"商歌非吾事,依依在耦耕。"他从此找到更充实的生活,由于热爱这种生活,所以没有缄默,反而写出许多田园诗来。他写的是生活和生活的感受而不是虚无缥缈的游仙想像。

山水、友朋、耕耘、收获,是他的隐逸生活的内容。"平畴交远风,良苗亦怀新;虽未量岁功,即事多所欣。""时复墟曲中,披草共来往;相见无杂言,但道桑麻长。"平淡地写来,随处表现作者怡然自得的心情。他也写到饥寒、辛苦,但并不为此忧戚。因为经过思

---

① 见《且介亭杂文二集·题未定草》和《而已集·魏晋风度及文章与药及酒之关系》。

想斗争,已经安心了。他说"贫富常交战,道胜无戚颜",安贫守贱便成了他的信条。写得较频繁的是饮酒,在饮酒的描写中有时表现友朋之乐,如"过门更相呼,有酒斟酌之"之类;有时是劳动后的一点安慰,如"盥濯息檐下,斗酒散襟颜"之类;也有时是为讽刺而言酒,如《饮酒》("羲农去我久")一首,在"如何绝世下,六籍无一亲。终日驰车走,不见所问津"之下忽然写道:"若复不快饮,空负头上巾。"好像与上文不相连接,其实是说"六籍"中的道理已经被某些人抛弃干净,那我除了饮酒,还有什么事可做呢?原是很深的讽刺。所以接着又说"但恨多谬误,君当恕醉人"。以醉人自解,更显出讽刺语气。又如《饮酒》第十三首"一士长独醉,一夫终年醒"云云,对于热中仕进者的讽刺更属显然。此外,陶渊明的饮酒有时也不免是安于现状的麻醉,如"悠悠迷所留,酒中有深味"之类,分明是醉乡的歌颂了。至于"欲言无余和,挥杯劝孤影"云云,则说明陶渊明在农村有时也不免有精神上寂寞之感,不得不用酒来消解。

陶渊明在《杂诗》中写道:"日月掷人去,有志不获骋。念此怀悲凄,终晓不能静。"这种感慨一再流露于他的诗中,大约他原来也和阮籍一样有济世之志,像他在《感士不遇赋》里所说的"大济于苍生",所以在隐居中才不甘寂寞,借《拟古》、《读山海经》和一些咏史的题目抒发有关政治的感慨。他在《九日闲居》诗中曾说:"栖迟固多娱,淹留岂无成?"这种竟然能够使他有满足之感的成就又是什么呢?大约是文学事业吧?他在《咏贫士》第六首曾赞美张仲蔚"翳然绝交游,赋诗颇能工",同时表示"人事固以拙,聊得长相从",分明是要学张仲蔚的样子以诗赋为业,这就有点像曹植在政治上失意之后只好以"骋我竟寸翰,留藻垂华芬"来自慰。从这里也可以看出陶渊明对于自己的作品并不是看成无足重轻的啊。

陶渊明的诗在当时是"罕所同"的,因而也不为当代所重视。他的诗是当时形式主义风气的对立面。他不讲对仗,不琢字句,"结体散文",只重白描,——和当时正统派文人相反。在前代作家中比较和阮籍相近,但没有阮诗那种奇丽和恍惚。陶诗的特征正如《诗品》所谓"文体省净,殆无长语",他把深郁的感情表达得很平淡,风格是淳朴自然的。这和他所表现的田园生活内容有关,但很可能也有力矫当时文风的主观努力。

玄言诗的影响,陶渊明是沾着一些的。他的诗实际上也宣扬了老庄思想,而这种思想在当时是苟且偷安,怯于斗争的统治阶级的精神麻醉剂。陶渊明当然和那些统治阶级上层的士大夫不同,和玄言诗作者孙绰等人也不同,但他的思想并不曾超出"远慕老庄之齐物,近嘉阮生之放旷",象刘琨那样大彻大悟,彻底批判,而走上隐逸的道路。隐逸的道路基本上是逃避现实的,因此他的诗中不免有知足保和、乐天安命的消极成分,这是我们读陶诗时应当批判的。

曹植、阮籍、左思、陶渊明是魏、晋的代表作家,(刘琨也很重要,但作品太少,影响不大。)他们的作品主要是五言诗,他们的道路基本上是现实主义的。不假雕琢,刚健、自然,是其共同的色彩。从正始以下的作家没有不受建安诗影响的,但继承的方面却不尽相同,有人只模仿其形式,效法其中的对仗、用事、炼字、敷采,而大加发展,就趋向于形式主义。陆机的诗源出于曹植,但并不能继承"建安风骨",就是由于这个缘故。继承"建安风骨"必须反映现实生活,而且要有深厚的感情和雄健的笔力,阮籍、左思、陶渊明都具备这些条件,所以和建安作家一脉相承,构成五言诗的优良传统。

三

东晋、宋、齐是南方民歌产生最多的时代。南方民歌大多数属于南朝《清商曲》中的《吴声歌曲》和《西曲歌》两部分。《吴声歌曲》产生于江南,以当时的首都建业(今南京)为中心地带。《西曲歌》产生于长江中流和汉水两岸的城市——荆(今湖北省江陵县)、郢(今湖北省宜昌县)、樊(今湖北省襄樊市一带)、邓(今河南省邓县)之间。

南朝乐府民歌的数量虽多于汉乐府民歌和北朝乐府民歌,内容却比较单调,几乎全部都是关于男女爱情的。在古今的民歌中情歌照例很多,但像南朝乐府民歌这样地清一色,却是很特殊的现象。大约因为这些民歌产生于少数繁华的城市或其附近,不是来自广大的农村,它们所反映的民间生活本来不广泛;或者也由于当时统治阶级只采集民间的情歌而把其余的抛弃了。后一种可能性似乎更大些。

据《南史·徐勉传》,梁武帝后宫的女乐有吴声和西曲两部,并且以这种女乐赏赐宠臣。可知今所传的《吴歌》、《西曲》是当时的女乐。设想为了统治阶级声色之娱而采集民歌该用什么标准呢?大概不会什么都采吧?江南也并非绝无另外一种样子的歌谣,例如《吴孙皓初童谣》云:"宁饮建业水,不食武昌鱼。宁还建业死,不止武昌居。"这是吴民反对孙皓迁都的怨声(类似的歌谣后来还有)。这种歌谣的体制和《子夜》、《欢闻》之类并无不同,但是统治阶级绝不会有兴趣拿它来施于女乐。

现存的《吴歌》、《西曲》中确实有一些过于"艳"的,也有文字雕饰,不像民歌的。可能出于文人仿作,或经修改。但一般而论,《吴歌》、《西曲》是"刚健清新",天真活泼的。

《子夜歌》说:"郎歌妙意曲,侬亦吐芳词。"《吴歌》、《西曲》里都有男女赠答之词,但多数还是女性的歌唱。这些歌唱往往热烈真挚。例如:

> 夜长不得眠,明月何灼灼。想闻欢唤声,虚应空中诺。
> ——《子夜歌》
>
> 怜欢敢唤名,念欢不呼字。连唤"欢"复"欢",两誓不相弃。
> ——《读曲歌》

上举两首都是《吴歌》,《西曲》除了反映商妇估客的别情较多,内容和《吴歌》无大区别。在形式上南朝民歌有一个显著的特点,就是双关隐语很多,《吴歌》尤其如此。有的是同字双关,如"朝霜语白日,知我为欢消","消"字双关消融和消瘦;有的是同音双关,如"雾露隐芙蓉,见莲不分明","莲"字谐怜爱之"怜"。也有比这些更曲折或复杂一些的,如"石阙生口中,衔碑不得语","碑"字谐"悲",又以"石阙"作为"碑"的同义语。又如"风吹黄檗藩,恶闻苦篱声"以"黄檗藩"隐"苦篱",以"苦篱"谐"苦离"。这些双关语用得巧妙自然的时候也能增加语言的活泼性,但多少带有文字游戏的性质。这种玩意是文人们最感兴趣的,所以仿作者纷纷。吴歌中双关隐语这样地多,我怀疑其中也羼有文人的仿作。

除这种双关语之外,南方民歌给文人诗的影响,在内容上就是艳情的描写,在形式上就是五言四句的小诗的流行。这在下文还要论到,这里不举例了。

宋、齐两代诗风的变化比较大。宋代一般趋向是更重数典隶事,也就是抄书。刻画山水成为重要的题材,描写更加工细,用字更加琢炼。齐武帝永明年间(四八三至四九三),"声律说"大盛以后,诗文力求谐调,对于形式技巧更加侧重。鲍照是这时期成就最高的诗人,谢朓仅次于鲍照。他们除继承过去的传统之外,又从民歌吸取了新的营养,各有新鲜的创造,影响下一步的发展。

鲍照在自己的文章里自谓"北州衰沦,身地孤贱"①,又自称"负锸下农"②、"田茅下第"③,可见他的家世是低微的。他曾幻想凭才智取得名位,献诗给临川王刘义庆。后来遇到忌才的孝武帝刘骏,不得不深自掩抑,连文学才能也不敢多表现了。他的遭遇比之左思还要差些,因此他比左思有更多的不平之气,对于现实也有更清醒的认识。他说:"丈夫生世会几时,安能蹀躞垂羽翼?弃置罢官去,还家自休息。"(《拟行路难》)不平和傲气正像左思。他在《瓜步山揭文》说:"才之多少,不如势之多少远矣。"这个"势"就是左思《咏史》诗所说的地势。这是对于社会不合理制度的揭露和批评。他在《拟古》("束薪幽篁里")诗中极写贱隶的卑辱:"岁暮井赋讫,程课相追寻。田租送函谷,兽稿输上林。……笞击官有罚,呵辱吏见侵。"在另外一些诗里又写到穷老还家的兵士,也写到豪

---

① 见《拜侍郎上疏》。
② 见《解褐谢侍郎表》。
③ 见《谢永安令解禁止启》。

家后房中象笼鸟养着的女子。他写这些是为了寄托自己的愤慨,但因此也反映了社会上的种种不平。这一类的作品继承着汉乐府和建安时代社会诗的传统精神。

从鲍照的五言乐府诗和拟古、咏史诸体见出他对于前人的优点常有所效法,不过他自己的特色还是很鲜明。他的《代东门行》就非常逼肖汉乐府,但是那急管高弦似的调子却是鲍诗所独有的。他的《咏史》和左思的《咏史》劲健处很相似,但是夸丽的色彩也是鲍诗所独有的。鲍照在这类作品中和在他的抒情诗里一样,常常寄寓着牢骚。《学刘公幹体》五首每首都是"才秀人微"的感慨。拟古而目的不在模仿,所以和陆机不同,因其表达的是自己的思想感情,自然地也就掩盖不住自己的艺术特色。

鲍照写山水的五言诗不少,在他记述行旅的诗中也往往刻画景物,这本是时代风气。在这些诗中用字造句非常精炼,这也是时代风气。在一些写景的"险句"中也往往见出特色。

但是,更能表现特色的是七言和杂言的乐府诗。这些诗可分两类。《白纻曲》一类的七言本是旧体,《行路难》一类才是创格。在后一类中往往音节错综,感情奔放,笔力雄肆,给人崭新的印象。《行路难》是汉代的歌谣,见《乐府诗集》引《陈武别传》。晋人袁山松曾改变其音调,并造新辞。《晋书·袁瓌传》云:"旧歌有《行路难》,曲辞颇疏质,山松好之,乃文其辞句,婉其节制,每因酣醉纵歌之,听者莫不流涕。"可见《行路难》本是声调慷慨的歌曲。鲍照依旧曲填新词,有无受前人影响之处已经无法知道,古辞和袁辞都不存在了。齐、梁续作者显然都是模仿鲍照的。除《行路难》之外鲍照还有《雉朝飞》、《梅花落》、《淮南王》等首,题是乐府旧题,诗体却是前所未见的七言或以七言为主的杂言。这种诗体是整齐的五言诗和旧体七言诗的解放,鲍照的慷慨奔放的感情得到这种最适合的表达形式之后就更显出风起云飞的异彩。对于后代诗人(如李白)影响最大的也就是这一类。

鲍照除向古代乐府民歌吸取营养之外,也受到当时民歌的影响,他的五言四句的短诗二十余首,形式就是从江南民歌来的。鲍诗也写男女的爱情,多属仿民歌之作。丽词和艳情在鲍诗中并不远于民歌的健康情调,到梁、陈宫体中就成为淫靡腐朽的恶诗了。

鲍诗中间或出现专事清绮的一种,如《玩月城西门廨中》"归华先委露,别叶早辞风"等句,就和谢朓的诗相类,这种诗在鲍照并非常格,不过也值得举出来,以见其和齐、梁新体的一点联系。

鲍诗今存约二百首,据虞炎《鲍照集序》,鲍照身后著作散佚,收集起来的不过半数而已,但已经见出其包罗宏富,向多方面发展,对后来的影响也是多方面的。他的最重要的成就当然还是乐府诗,可以和曹植并驾齐驱。

谢朓是鲍照以后的南朝最优秀作家,不过和有大家气派的鲍照相比,作品的内容不如鲍诗丰富。谢朓是"永明体"的代表诗人,"永明体"讲求音韵铿锵,平仄调协。谢朓有些作品和谐合律,已经和唐代的"近体"诗相似,所以宋人有诗云:"玄晖诗变有唐风。"王闿运《八代诗选》将齐以后这一种和唐人近体诗比较接近的称为"新体诗"。谢朓的新体诗如《入朝曲》、《离夜》等首确是很象唐人的律诗。"新体诗"中包括五言四句的短诗,谢朓有一些乐府诗用这种体,仿自《吴声歌曲》。如《有所思》、《玉阶怨》、《王孙游》等首出语天然,情深味长,对于唐人五言绝句极有影响。

"新体诗"在谢朓集中只是少数,不过他的古体诗中也常常有些片段合于新体诗的标准①。总之,无论新体古体,音律的调谐确是谢朓诗的特点之一。齐、梁人极推重他的诗,和这个特点大有关系。沈约《伤谢朓》诗云:"调与金石谐,思逐风云上。"上句正是赞美这一特点。

在内容上,自然景物的描写是谢朓诗的主要部分。传诵的名句都属模山范水之作。《诗品》说"其源出于谢混"。但也不免受谢灵运的影响,他常常将灵运的诗句变化运用。(例如灵运诗云"首夏犹清和,芳草亦未歇",谢朓诗云"首夏实清和,余春满郊甸"。灵运又有句云"既露干禄情,始果远游诺",谢朓诗云"既欢怀禄情,复协沧洲趣"。前一例是变其意,后一例是用其调。)不过谢朓所仿效或吸取于前人的并不限于一二家,如《大江流日夜》一首最为浑壮,是学建安人诗,《入朝曲》风调高华,很像曹植。《宣城郡内登望》一首气格苍莽,又和鲍照相近。《始出尚书省》、《游山》等诗,研炼精实,又似受颜延之的影响。总之,谢朓诗渐启唐风而去古未远,他的时代正是新旧变化之际,所以如此。

谢朓诗风格秀逸,虽不废雕刻和藻绘,还能够归于自然和清绮,所以有动人之处,使唐代大诗人李白、杜甫也击节称赏②。但题材不丰富,所写限于个人生活的圈子,而生活圈子又不广大,虽然

---

① 例如"窗中列远岫,庭际俯乔林"(《郡内高斋闲望答吕法曹》),"凉风吹月露,圆景动清阴"(《和王中丞闻琴》),"徒念关山近,终知返路长"(《暂使下都夜发新林至京邑赠西府同僚》)都极似唐人律诗中的一联。又有一些片段,截取下来就和唐人五绝无甚分别,如"远树暖芊芊,生烟纷漠漠。鱼戏新荷动,鸟散余花落"(《游东田》),"北窗轻幔垂,西户月光入。何知白露下?坐视阶前湿"(《秋夜》)。

② 李白在诗中常常称道谢朓的作品,例如《宣州谢朓楼饯别校书叔云》诗云:"蓬莱文章建安骨,中间小谢又清发。"杜甫在《寄岑嘉州》诗中也说:"谢朓每诗堪讽诵。"

不乏情致,究竟变化太少,甚至令人觉得"篇篇一旨"①。所以成就不能和鲍照相比。

四

梁代的诗沿着"转拘声韵,弥尚丽靡"②的道路发展。梁初的作者,江淹虽过于热心仿古,毕竟意境比较深,也比较有骨力。可是他的诗无甚影响。当时有影响的诗人是沈约。沈约是发明四声,制定"八病"的主要人物之一。他的影响就在声律宫商的技巧和数典用事的功夫。那时的诗坛完全让形式主义做了统帅,确实是到了诗的衰弱时期。当时一般作家的集子里都填塞着应酬诗、咏物诗、拟古诗。甚至出现"县名诗"、"药名诗"、"兽名诗"、"鸟名诗"、"车名诗"、"船名诗"等诗题。这是编押韵的类书,作无聊的消遣。可见得作家生活的空虚。

梁简文帝提倡新体,好作艳诗③,庾肩吾、徐摛等人推波助澜,产生了"宫体"诗。宫体诗是用雕藻浮华的形式寓色情放荡的内容,反映统治阶级极端腐朽的生活和病态的思想感情。标志着诗的堕落,不仅是衰弱了。这种风气,陈、隋两代继续发展,相沿近百年。

---

① 陈祚明语,见《采菽堂古诗选》卷二十。
② 《梁书·庾肩吾传》:"初,太宗(简文帝)在藩,雅好文章士;时肩吾与东海徐摛、吴郡陆杲……同被赏接。及居东宫,又开文德省,置学士。肩吾子信、摛子陵、吴郡张长公、北地傅弘、东海鲍至等充其选。齐永明中,文士王融、谢朓、沈约,文章始用四声,以为新变,至是转拘声韵,弥尚丽靡,复逾于往时。"
③ 《梁书·简文帝纪》:"雅好题诗,其序云:余七岁有诗癖,长而不倦。然伤于轻靡,时号宫体。"

当时能够自拔于这种风气之中有所树立的作家是太少了。何逊、阴铿也只是在山水诗中稍稍有一些清爽气息。在那样时代里的作家,如果生活没有巨大的改变,纵使天才过人,也不可能有杰出的成就。庾信的作品之所以能比较深刻地反映现实,有较高的艺术成就,主要由于生活改变引起思想感情的变化,如果没有这种变化,他的成就也不会超出徐陵等人的水平。

庾信生活的变化开始于四十三岁。在此以前他是梁朝宫廷的文学侍从之臣。做过简文帝的抄撰学士。集中有一些宫体的诗赋和一些"奉和"简文帝和元帝流连光景的诗,都是早年"浮艳"之作。公元五五四年,庾信由江陵出使西魏,被强留在长安,接着在强迫下做了北周的官。这是丧失民族气节的行为,对于庾信既是耻辱又是痛苦。他被强留在北方二十八年,在这期间的作品主要表现了悲痛亡国、怨羁留、思故土的情感和对于自己贪生失节的谴责。这些情感的集中表现就是《哀江南赋》和《咏怀》诗,但在其他许多作品里也随时流露。

"娼家遭强聘,质子值仍留"(《咏怀》),"遂令忘楚操,何但食周薇"(《赠司寇淮南公》),是自述被迫仕周。"唯有丘明耻,无复荣期乐","木皮三寸厚,泾泥五斗浊"(以上《和张侍中述怀》),是自责腼颜事敌。"抱松伤别鹤,对影绝孤鸾",是不忘故君之词。"不言登陇首,唯得望长安"(以上见《咏怀》),是羁留之恨。"还思建业水,终忆武昌鱼"(《言志》),"仿佛新亭岸,犹言洛水滨"(《率尔成咏》),是故土之思。"胡风几时应尽,汉月何时更圆"(《怨歌行》),是望归之心。"虽言异生死,同是不归人"(《和王少保遥伤周处士》),是绝望之痛。"昏昏如坐雾,漫漫疑行海"(《咏怀》),"见月长垂泪,花开定敛眉"(《伤往》),是深愁永恨的总述。这些诗不止是写出了身世之痛,也流露着故国之思。这些情感往往难于自由倾吐,不无隐避压抑之处,典故和比兴也增加其隐曲,但苍凉沉郁,情真语挚,感人的力量还是强烈的。

梁、陈的诗一般都是柔弱的,庾信的诗体也就是梁、陈人的诗体,但笔力的雄健远远超过同时的作家。七言如《燕歌行》可以上追鲍照,五言如《咏怀》令人联想杜甫。所谓笔力也是由于感情充沛形成的,并非由于锻炼之功。归根结柢还是决定于作者的生活。

杜甫在《咏怀古迹》诗中道:"庾信平生最萧瑟,暮年诗赋动江关。"在《戏为六绝句》里又道:"庾信文章老更成,凌云健笔意纵横。"说明了庾诗的成就在晚年,也说明了他的生活遭遇决定了他的艺术成就。

北朝作家诗师法南朝,并无显著的特色。除庾信外也没有突出的成就。但是北方的民歌却表现伉健、直率、粗犷的独特面貌。梁《鼓角横吹曲》中保存了六十多首北歌,就这些歌辞看来,除二三曲可能是沿用汉魏旧歌外,都是北朝民间所产。这些歌辞是现存的北朝民歌的主要部分。其余大都被收入《乐府诗集》的《杂歌谣辞》和《杂曲歌辞》。

北方民歌题材广泛,反映了社会生活的许多方面,这一点和汉乐府民歌相似。与战争有关的诗以《木兰诗》为最重要,这首诗中的女英雄既勇敢又机智,反映人民的种种优良品质,而且功成不受赏,简直就是左思所歌颂的高尚人格。这个故事的创造和对于这个女英雄的歌颂,反映了劳动人民反对侵略战争的立场和追求和平劳动生活的理想。另一首民歌《陇上歌》歌颂壮士陈安的勇猛善战。此外如《企喻歌》是描写从军生活的,《隔谷歌》是反映俘虏生活的,单是战争一类已经显得相当丰富。其余如歌唱宝刀、骏马的

《琅邪王歌》,歌唱骑、射的《折杨柳歌》和《李波小妹歌》都见出北人豪勇的风俗。这种内容形成北歌的最大特色。

《雀劳利歌辞》云:"雨雪霏霏雀劳利,长嘴饱满短嘴饥。"《幽州马客吟歌辞》云:"黄禾起羸马,有钱始作人。"虽然是极短小的歌辞,却反映出贫富不均的矛盾。北方遭外来的蹂躏,除增加人民的饥寒之外也逼得人民流离迁转。这在民歌里也有反映。《紫骝马歌》云:"高高山头树,风吹叶落去。一去数千里,何当还故处?"所写似属大乱中的流亡,不象平常的游子诗。《琅邪王歌》中有一首道:"客行依主人,愿得主人强。猛虎依深山,愿得松柏长。"这一首反映"五胡乱华"时期一种特殊背景,也不是泛泛的羁旅之词。当时人口迁移,往往数千百家组织起来。平民不得不依附大族同行,因为大族带着部曲,旅途比较安全,到了异乡也可依靠。不能或不肯迁移的往往保聚以自卫,保聚的方法是纠结上千的人,依山阻水,建筑一个"坞",也称作"壁"或"堡"、"垒",聚积兵器食粮,推举出"坞主"作领袖。强有力的坞堡就成了独霸一隅的地方武装集团(以强宗豪族为核心),流人来依附的往往很多。本篇所谓"主人"可能指逃难时拥有部曲的大族,也可能指保聚自卫的坞堡主。(无论是哪一种"主人",都必须是"强"的,不强就不能保障安全,避免劫掠。)从第三句的比语看来,更象是指坞堡主。保聚是为了抵抗"胡人"的,参加保聚不仅是消极的避难,而且意味着抗"胡",无怪其有自比"猛虎"的气概了。

反映恋爱和婚姻的诗在北歌中也不少,往往直率痛快,和南方民歌宛转缠绵的风格不同。如"天生男女共一处,愿得两个成翁妪"(《捉搦歌》),"月明光光星欲堕,欲来不来早语我"(《地驱乐歌》),真是"没遮拦"的表情法。北歌语言质朴往往如此,和南歌的艳丽显然不同。

以上把汉魏六朝诗的重点部分,简括地作了一些说明,作为本书的前言。

一九五八年八月三十日,北京。

《三曹诗选》前言

一

建安时代①在中国文学史上,特别是在文人诗的传统里,是一个很突出、很辉煌的时代。锺嵘《诗品》说:

> 自王、扬、枚、马②之徒,词赋竞爽而吟咏靡闻。……诗人之风顿已缺丧。东京二百载中惟有班固《咏史》③,质木无文。降及建安,曹公父子笃好斯文,平原兄弟郁为文栋,刘桢、王粲为其羽翼。次有攀龙托凤,自致于属车者,盖将百计。彬彬之盛大备于时矣。

这时文学的主要体裁已经从辞赋转变为五言诗,而作家之盛达到前所未有的程度。沈约《宋书·谢灵运传论》又说:

> 至于建安,曹氏基命,三祖陈王咸蓄盛藻。甫乃以情纬文,以文被质。

---

① 建安是汉献帝的年号,从一九六年起到二一九年止。不过文学史上所谓建安时代大致指汉末魏初,并非严格地限于这二十四年。
② 指王褒、扬雄、枚乘、司马相如,都是西汉的赋家。
③ 《咏史》是最早的一首文人的五言诗,写孝女缇萦救父的故事。

"以情纬文,以文被质"说明了建安文学不同于两汉作家"王、扬、枚、马"所代表的以歌颂帝王功德为目的,以讽谕鉴戒为幌子的文学①,而是有感情有个性的抒发性的文学。也不同于班固《咏史》那样"质木无文",而是情文兼具,文质相称的文学。这些都是显著的变化,尤其是从颂扬鉴戒到抒情化是一个重大的变化。上面所引的锺嵘和沈约的话虽然简单,但可使我们感觉到建安时代是一个文学史上的新时代。

在这个文学新时代活跃的作家以"三曹"和"七子"为代表。"三曹"是曹操和他的儿子曹丕、曹植,就是上引《诗品序》所说的"曹公父子"。"七子"是曹丕《典论·论文》所评述的七个作家②,《诗品序》提到的刘桢、王粲便是其中的冠冕。七子在政治关系上是三曹的僚属,在文学事业上是三曹的"羽翼"(其中孔融稍不同,请参看注二)。当时三曹在文学上和政治上一样是处在领袖地位的,他们的文学才能和实际成就也配得上这个地位,其中的曹植尤其是历来公认的当时最优秀的作家。

建安诗篇流传下来的不足三百首,其中曹植的诗最多(约八十首),其次是曹丕(约四十首),再其次是王粲和曹操(各二十余首)。诗人的作品保存下来或多或少,可以有种种原因,但其质量是否禁得起时间淘汰往往是主要原因之一。从现存建安诗的质量看来,曹王四家也正该排在建安诗人的最前列。由于三曹在当时诗坛的领袖地位,由于其作品成就较高,留存的又较多,便自然地

---

① 两汉典型的赋都是铺写帝王的生活和功业,目的在娱悦和歌颂帝王,但往往在末后加上讽谏的尾巴。
② 这七个作家是孔融、陈琳、王粲、徐幹、阮瑀、应玚和刘桢。其中孔融年辈较高,死得较早(建安十三年被杀),不在邺下文人集团之内。

成为后人研究建安诗的共同时代特征的主要资料。因而他们的代表性也就较高于同时的作家。这就是三曹(主要是曹植)诗在建安作品中值得我们首先注意的原因。

二

曹操生于一五五年,卒于二二〇年。他的父亲曹嵩是汉桓帝时宦官曹腾的养子,《三国志》说"莫能审其生出本末",可见得他的先世在社会上地位是不高的。曹操二十岁举孝廉,在灵帝朝曾因"能明古学"被任命为议郎。又曾以骑都尉的军职参加镇压黄巾起义。献帝初,地方"豪右"起兵讨董卓,曹操因陈留人卫兹的资助,招募了五千人,加入讨董联军。后来因为收编青州黄巾三十余万,实力雄厚起来,便成为"逐鹿"中原的"群雄"之一。等到他击破了他的最大竞争对手袁绍之后,就以"相王之尊"挟天子令诸侯,成为北方的实际统治者。

曹操和袁绍属于当时统治阶级内部的不同的社会阶层。袁氏四世三公,是所谓士族大家,属于东汉最有权势,社会地位最高,一向把持政治的大官僚地主阶层。曹氏出于地主阶级里的小族,袁绍曾骂他"赘阉遗丑,本无懿德"①。这个阶层在东汉末叶才开始走上政治舞台,成为新兴的势力。(黄巾起义削弱了上层士族地主阶级的统治力量,相对地造成了下层非士族地主的抬头的机会。)

---

① 见于陈琳代袁绍所作的檄文。这篇檄文历叙曹操的三代,见出当时人对于门第家世的观念。后来陈琳降曹操,曹操责问他道:"卿昔为本初移书,但可罪状孤而已,恶恶止乎其身,何乃上及父祖耶?"可见这种诋骂很使曹操难堪。

曹操和袁绍虽然同属于和农民相敌对的阶级,他们对农民的政策却有显著的歧异,袁氏要维持其本阶层固有的特权,"使豪强擅恣,亲戚兼并,下民贫弱,代出租赋"(曹操《抑兼并令》)。而曹氏则在一定程度上采取压抑豪强,对农民让步的政策,限制土地兼并。这种歧异也反映两个阶层的矛盾①。曹操对于当时的社会形势有清醒的认识,深知黄巾军虽被镇压下去,农民的反抗力量仍然是不可轻视的,唯有采取对农民让步的政策才能缓和阶级斗争,也唯有如此才能使得被他收编的农民武装真正为他出力。因此他的政治措施在当时军阀中是比较开明的,所以能战败强敌,统一华北,使多年极度混乱的社会安定下来。他的法治主义和屯田制度是有力的武器,这些都可视为对士族地主势力的摧抑,抑止兼并不过是最露骨的罢了。

正因为曹操对农民既有新的镇抚,对曾被农民运动所削弱的旧豪强势力又予以新的打击,于是他的新的统治势力便壮大和巩固了,他对于旧统治阶层的传统也就不予尊重。他在政治设施和文学倾向上都表现为一个反对两汉传统(也就是反正统)的人物。他的《求贤》、《举士》、《求逸才》诸令强调用人唯才②,便打破"经明行修"这一个传统的仕进标准,其目的就在打破家世门第的限制,从各阶层提拔人才。这样就摧抑了士族地主的特权,而扩大了

---

① 这种歧异又表现在对起义农民的政策上,袁绍对起义农民一贯屠杀,曹操对青州黄巾,对张燕、张鲁都采取招抚政策。
② 《求贤令》道:"若必廉士而后可用,则齐桓其何以霸世? 今天下得无有被褐怀玉而钓于渭滨者乎? 又得无有盗嫂受金而未遇无知者乎? 二三子其佐我明扬仄陋,唯才是举。"《求逸才令》道:"昔伊挚傅说出于贱人,管仲,桓公贼也,皆用之以兴。……今天下得无有至德之人放在民间……或堪为将守,负污辱之名,见笑之行,或不仁不孝而有治国用兵之术,其各举所知,勿有所遗。"

非士族地主阶层的势力。

曹操"外定武功,内兴文学"(《魏志·荀彧传》引《魏氏春秋》),他所提拔的人才首先是"有治国用兵之术"的,其次就是文学之士。照曹植《与杨德祖书》所说的情形看来,曹操对当时四方知名的文士竭力收揽,几乎网罗无遗。文学人才的大量集中就是造成当时"彬彬之盛"的条件之一。由于一般文学之士本身原是非士族地主,曹操的政权正代表他们的利益,同时对于愿意和曹氏合作的少数士族地主出身的文士,曹操也竭力笼络,因而曹操对待文学之士就自然不像过去的统治者那样将他们当作倡优来畜养,而是使他们成为国家的官吏,如王粲所称颂的"置之列位"①。

《宋书·臧焘传论》道:"自魏氏膺命,主爱雕虫,家弃章句。"分析儒家经籍的章节句读就是汉朝的经术,经术本是名门世家士族地主的传统,也是维持旧统治势力的一种工具。到东汉末年,它随着旧统治势力的衰微而衰微,到新兴势力曹氏政权巩固之后便普遍地无人过问,而完全被文学所代替了。

曹操自己的文学路线和写作态度对于其他作家起着更具体的领导和倡导作用。《文心雕龙·时序》篇说:"魏武以相王之尊雅爱诗章。"《三国志》注引《魏书》说他"登高必赋。及造新诗,被之管弦,皆成乐章",曹操的文学事业就是乐府歌辞的制作。他本是多才多艺的人物,他爱好音乐,自己也是这方面的行家。《魏书》说他"倡优在侧,常日以达夕",他所爱好的音乐是本来产生于民间的相

---

① 曹操入荆州后辟王粲为丞相掾,赐爵关内侯。王粲称颂他道:"及平江汉,引其贤俊而置之列位,使海内回心,望风而治,文武并用,英雄毕力。此三王之举也。"(《三国志·王粲传》)可见王粲对于这种待遇是很满意的,可以代表当时非士族文人的心理。

和歌①。他自己就在这些乐府民歌的影响之下写作了许多歌辞。他现存的二十几首诗全部是乐府歌辞，大部分运用出于乐府民歌的五言体和杂言体。

曹操的乐府诗是用旧调旧题写新内容。《薤露行》和《蒿里行》以挽歌写时事，前者叙何进误国与董卓殃民，后者写群雄私争使兵灾延续。这两首批评政治、叙写现实的诗被后人称为"汉末实录"，称为"诗史"②。作者叙董卓焚烧洛阳，居民被驱入关的情形道：

> 播越西迁移，号泣而且行。瞻彼洛城郭，微子为哀伤。（《薤露行》）

叙当时兵祸的惨状道：

> 铠甲生虮虱，万姓以死亡。白骨露于野，千里无鸡鸣。生民百遗一，念之断人肠。（《蒿里行》）

这些诗真实地反映了那个丧乱时代人民的苦难。

曹操在《对酒》篇里描写了理想的太平时代。他想像那时候执政的人都能像父兄对子弟一样地爱护百姓，但是赏罚严明。社会上都讲礼让，没有争讼。农民安心地从事农业，不必奔走四方，人

---

① 《宋书·乐志》云："相和，汉旧曲也，丝竹更相和，执节者歌。"又云："凡乐章古辞，今之存者并汉世街陌谣讴，《江南可采莲》《乌生十五子》《白头吟》之属是也。"又云："但歌四曲，出自汉世，无弦节。作伎最先一人唱，三人和，魏武帝尤好之。"

② 明代人锺惺评曹操《蒿里行》云："汉末实录，真诗史也。"《唐书》说杜甫的诗"善陈时事……世号诗史"，是"诗史"这个词的来源。

人过着和平丰足的生活,终其天年。作者在这里所表现的政治理想似乎是儒家和法家的混合(但曹操在具体的设施和作风上则显出浓厚的法家色彩)。在《度关山》篇强调正刑和节俭,反对"劳民为君",和《对酒》篇的意思大致相同。《短歌行》("周西伯"篇)歌颂周文王、齐桓公和晋文公。作者以这三人来自比,说明自己尊奉汉室,谨守臣节,如文王之事殷,桓、文之尊周。这是表明政治态度的诗。作者本是一个政治家,为了了解他的思想,这一类作品是可注意的。

抒情成分比较多的诗以《苦寒行》、《却东西门行》、《龟虽寿》(即《步出夏门行》第五章)、《短歌行》("对酒当歌"篇)这几首最被人传诵。前两首写行军征戍的痛苦和怀乡恋土的感情,是和乐府民歌情调相近的五言诗。《龟虽寿》的正文有十二句:

> 神龟虽寿,犹有竟时,腾蛇乘雾,终为土灰。老骥伏枥,志在千里,烈士暮年,壮心不已。盈缩之期,不但在天,养怡之福,可得永年。

写有志进取的人虽然知道年寿有限而雄心壮志不为之减少,且不信成败夭寿全由天定,认为人力也可以有所作为。这种积极乐观的精神是很可贵的。晋朝王敦常在酒后吟咏"老骥伏枥"四句,用如意敲唾壶来打拍子,壶口都敲缺了。(《世说新语·豪爽》篇)可见得它是如何的脍炙人口。

《短歌行》也是四言的名篇。开端"对酒当歌,人生几何?譬如朝露,去日苦多"四句表现这个丧乱时代中有些人容易感到的"人生无常"的苦闷。但作者的思想并不是消极颓废的,只消玩味结尾

"山不厌高,海不厌深。周公吐哺,天下归心"四句便觉察到作者的积极感情。作者在《秋胡行》("愿登"篇)有两句诗道:"不戚年往,忧世不治。"可以说明这种感情。

钟嵘《诗品》曾指出曹操"颇有悲凉之句"。上文所举各诗有不少的句子是颇为"悲凉"的,可见作者感慨很多,但是这种感慨却是和对民生疾苦的同情或对丰功伟业的追求紧密结合着的。曹植有诗道:"烈士多悲心。"曹操的感慨就是所谓烈士的悲心吧?本来一个上升阶层作家的慷慨悲歌和没落阶层的感伤是大异其趣的,我们玩味这个区别,对于了解建安诗歌的精神将会大有帮助。

曹操又被人称为复兴四言诗的作家,因为《诗经》以后四言诗很少动人的作品,到曹操才有几篇佳作。除了上面所举的,还有一首《观沧海》(即《步出夏门行》第二章),这首诗气魄雄伟,想像丰富,是描写自然景物的名篇。完全写景的诗在这以前还不曾有人作过。曹操的四言诗之所以成功,因其具有新内容、新情调,句法、词汇也不模仿"三百篇",不象过去傅毅、蔡邕等人所做的只是《诗经》的仿制品。但真正代表曹操创作的新倾向,产生影响,成为当时主要文学形式的却是那些乐府民歌化的色彩更显著,语言更通俗的五言诗。我们说曹操的文学倾向是反正统的,主要的一点是在诗的创作上摆脱了古典的束缚而从民间文学吸取营养,换句话说就是诗的民歌化。这一特征在他的五言诗里才是表现得最清楚的。

三

曹丕生于一八七年,卒于二二六年。他是曹操的次子,他的哥哥曹昂早死，所以曹操的爵位归他继承。由于曹操造成的局势，他在二二〇年水到渠成地受汉朝"禅让"，做了大魏皇帝，在位五年又七个月。曹丕的政治理想不同于曹操，他追慕汉文帝的无为政治。这时中原已经统一，士族地主和曹氏政权合作已成事实，曹丕便改变了曹操依靠非士族地主及压抑豪强的政策而开始和士族地主妥协。曹丕也缺乏曹操那样的雄才大略，在政治上和军事上都没有什么突出的表现，但在执政期间也还有一些算是开明的设施，如令宦人为官不得过诸署，轻刑罚，薄赋税，禁淫祀，罢墓祭，诏营寿陵力求俭朴等，表示他在努力做一个"明君"①。据他的《典论·自叙》，他生长在戎旅之间，自幼娴习弓马，骑射和剑术都异常精妙。他的文化修养是"备历五经四部，史汉诸子百家之言靡不毕览"（《自叙》），他自己的著述"所勒成垂百篇"（《三国志·文帝本纪》）。他的文学制作现存辞赋或全或残共约三十篇，诗歌完整的约四十首，据锺嵘《诗品》原有百余首。他的《典论》一书现存三篇，其中《论文》一篇是文学批评的重要文献。他说：

> 盖文章经国之大业，不朽之盛事。年寿有时而尽，荣乐止乎其身，二者必至之常期，未若文章之无穷。是以古之作者，寄身于翰墨，见意于篇籍，不假良史之辞，不托飞驰之势，而声名自传于后。

重视文学也许是当时一般的看法，但以曹丕的地位来发这样的议论，又如此强调，显然有提倡文学，鼓励著述的用意。文学史家论

---

① 郭沫若先生在《论曹植》文中说曹丕是"一位旧式明君的典型"。

建安文学的繁荣和进步往往归功于曹氏父子的提倡与领导,他们在这方面的作用虽不宜估计过高,却是不可湮没的。

当许多文士被曹操收罗,集中在邺下之后,公宴倡和,形成一个文学集团。当时曹操的地位不免高高在上,曹植比较年轻,这个集团的真正中心和主要领导人物乃是曹丕。曹丕和那些文士们"出则连舆,止则接席,……酒酣耳热,仰而赋诗"(曹丕《与吴质书》),结成很亲密的文友。他在《典论·论文》和《与吴质书》里论到已故的文友,盛道各人的长处,也指出他们的短处,见解公允,自己立足在较高的地位而措词婉和谦逊,不失为一个领袖的风度。其悼念诸子的话恻恻动人,见出爱才的真情。《文心雕龙·时序》篇说三曹"并能体貌英逸,故俊才云蒸"。就是说他们都能对才士加以礼貌,所以当时作者众多。曹操的"体貌英逸"是提拔文士们做官,曹丕、曹植是和他们结为朋友,而曹丕最能重视他们的创作事业,提倡鼓励的作用更大。

曹丕自己作诗更明显地倾向民歌化。在歌谣各体的仿作和通俗语言的运用上他比曹操更努力。他的最出名的《燕歌行》是现存的最古的七言诗,七言体在汉代谣谚中是普遍的,但在文人笔下出现,当时还是凤毛麟角。《令诗》和《黎阳作》是六言诗,也是新体,这时代才开始有人尝试。《陌上桑》以三三七句式为主,这个形式也是出于歌谣,在当时同样是少见的。曹丕的五言诗更多,占全集的一半。在他的许多杂言诗中,《大墙上蒿行》长到三百六十四字,气魄很大。句子短的三字,长的到十三字,参差变化,形式新异。王夫之评这首诗道:"长句长篇,斯为开山第一祖。鲍照、李白领此宗风,遂为乐府狮象。"这些例子都能说明他在各种新形式上的大胆尝试。形式的多样性是曹丕诗的一个特色,也给与当时和后代作家以一定的影响。

在语言和风格上最逼近乐府民歌的是《钓竿行》、《临高台》、《陌上桑》、《艳歌何尝行》、《上留田》等篇。《杂诗》、《清河作》等则与《古诗十九首》相近。大都明白自然,确是通俗化的语言。锺嵘《诗品》说他的诗"百余篇率皆鄙质如偶语",就是说不加雕饰,如同白话,其实也就是语言民歌化。例如"富人食稻与粱,贫子食糟与糠"(《上留田》),"长兄为二千石,中兄被貂裘,小弟虽无官爵,鞍马驳驳,往来王侯长者游"(《艳歌何尝行》),确是近乎口语,和汉乐府民歌的语言几乎没有分别。他的诗里也采用现成的乐府民歌词句,如《临高台》"我欲躬衔汝,口噤不能开。欲负之,毛衣摧颓",出于古辞《双白鹄》。《艳歌何尝行》"但当饮醇酒,炙肥牛",出于古辞《西门行》。"上惭仓浪之天,下顾黄口小儿",出于古辞《东门行》。这些语言上的特色也是其作品民歌化的一个方面。

《诗品》还说应璩的诗"祖袭魏文,善为古语",又说陶渊明"其源出于应璩,……世叹其质直"。我们知道应璩的诗是多用白话,被后人称为"朴拙"的,陶渊明的诗是"豪华落尽","质而自然"的,从这些叙述和评论也可以见出曹丕诗的语言特色。

再从内容考察,曹丕往往取材于"闾里小事",或歌咏劳人思妇的感情。同于民歌"感于哀乐,缘事而发"的精神①。如《燕歌行》是"悯征戍"的诗,《陌上桑》和《善哉行》("上山"篇)是"悲行役"的诗,《上留田》是反映社会贫富不均的诗,《艳歌何尝行》是讽刺贵家游荡子弟的诗,这些作品都有现实性和社会意义,是受了乐府

---

① 《汉书·艺文志》云:"自孝武立乐府而采歌谣,于是有赵、代之讴,秦、楚之风,皆感于哀乐,缘事而发。"

民歌的启发或直接模仿乐府民歌的作品。

和同时作家比较起来,曹丕写男女相恋和离别的诗特别多,本来这类题材在民歌里是最普通的,离别尤其是这时代最普遍的主题,爱好民歌的作家免不了在这方面有所模仿。除《秋胡行》、《燕歌行》等可以代表他这一方面的乐府外,他的徒诗里还有这么一类的题目:《于清河见挽船士与妻别》、《代刘勋妻王氏杂诗》、《寡妇》(有序云:"友人阮元瑜早亡,伤其妻孤寡,为作此诗"),这都是代别人言情,好象作者凡遇言情的题目都不肯放过似的。曹丕这一类的诗也显著地受到了民歌的影响。

民歌化是建安诗的一大特征,这个特征在曹丕的诗里特别显著,我们读曹丕的诗会首先发现这一点。

四

曹植生于一九二年,卒于二三二年。他也是"生于乱、长于军",在汉末极纷乱的社会里也有过一些阅历。二〇四年,曹操打倒袁绍,取得邺城做根据地,那时曹植正是十三岁。此后直到二十九岁,生活比较安定。在邺中文人集团诗酒流连的生活里,他是很活跃的。他自幼在古典文学的修养方面就打了基础,十岁时就能诵读诗论及辞赋数十万言。他也爱好民间文学,对"俳优小说"也能大量熟记[①]。他的文学创作生活开始得很早,他自己曾说"少小好为文章"(《与杨德祖书》),又说:"少而好赋,其所尚也,雅好慷

[①] 《三国志·王粲传》注引《魏略》记载曹植会见邯郸淳的时候对他背诵"俳优小说数千言"。

慨,所著繁多。"(《文章序》)他自己曾删定少年时代作品编成《前录》七十八篇。

他在兄弟中表现得最有才能,曹操爱重他不仅因为他长于文学,并且认为他"最可定大事"(《三国志》注引《魏武故事》),所以曾考虑立他做太子。曹氏的僚属中也有人拥护他。但因为他"任性而行,饮酒不节"(《三国志·陈思王植传》),动摇了曹操对他的信任,此议终于不曾实现,却因此引起曹丕对他的猜忌。二二〇年曹丕即位之后便不断打击曹植,起初是杀掉一向拥护曹植的丁仪和丁翼,对曹植严密监视,不久又借故贬了他的爵位。从此曹植便时刻感到"身轻于鸿毛,谤重于泰山"(《黄初六年令》),不能不提心吊胆。六年后曹丕死了,明帝曹叡即位,曹植仍然是被猜忌的,生活上所受到的限制甚至越来越多。他"汲汲无欢"地又活了六年,到了四十一岁就死了。

曹植在他的哥哥和侄儿两代皇帝压迫之下痛苦地活了十二年,十二年中他的最大痛苦是自由被剥夺。朝廷不让他在一个地方久住,常常改换他的封地,也不许他和亲戚来往,更不给他参预政事的机会。用他自己的话来形容,就是成为"圈牢之养物"(《求自试表》)。他的物质生活也是困苦的。他自谓"连遇瘠土,衣食不继"(《迁都赋序》),"块然守空,饥寒备尝"(《社颂序》)。这许多艰辛在他的诗里都有反映。

如以二二〇年十月(曹丕在这时即帝位)为界,把曹植一生分为前后两期,由于他的生活前后不同,诗的内容也见出差异[①]。前

[①] 曹植的诗有些可以据其所关涉的事实来考定写作时期,有些可以从诗中表现的情感来大致分别前后。本文有关曹植诗写作时期的地方大致依据古直的《曹植诗笺》。

期的一部分作品确如谢灵运所说"但美遨游,不及世事"(《拟邺中集序》),如《公宴》、《斗鸡》、《侍太子座》等诗和一些"叙酣宴"的乐府,是他在邺城度过的安逸生活的留影,也是邺下文人集团生活的留影。但是更值得注意的是那些关涉社会的诗,如《送应氏诗》第一首描写了洛阳的残破,为时代的灾难留下了影像。乐府诗《名都篇》则以繁盛时期的洛阳为背景,暴露都市贵游子弟的骄逸生活。又有题做《情诗》的"微阴翳阳景"篇也反映人民在军役不息的时代所受的痛苦。这类作品和后期的《泰山梁甫行》等最能说明曹植诗的(也是建安作者共同的)现实主义精神。

曹植是有热情壮志的人,《白马篇》歌颂游侠,歌颂扬声边塞,为国捐躯,说明他对于壮烈的事业和英雄生活的憧憬。但是他始终没有机会在政治军事上负担重要责任。所以他的前期的生活虽然平顺,在政治上仍然有不得志之感。《美女篇》以女子"盛年处房室"比喻自己虽有才具而无可施展,牢骚不平意在言外。《赠徐幹诗》道:"宝弃怨何人?和氏有其愆。弹冠俟知己,知己谁不然?"一面说徐幹怀才不遇,有待于知己(作者自指)的推荐,一面又说知己的境遇也没有什么不同。这是更明显的牢骚。

建安时代的作家大都能摆脱儒家思想的束缚。"魏武好法术,魏文慕通达"(傅玄《举清远疏》),都跳出儒家的圈子。曹植的思想自然也会带着时代的烙印。他在《赠丁翼》诗中道:"滔荡固大节,时俗多所拘。君子通大道,无愿为世儒。"吴淇《选诗定论》云:"其曰'滔荡固大节',晋室放诞之风已肇于此矣。"

从以上所引的诗句大致可以见出作者前期的生活、思想、感情。

曹植后期的诗是他的痛苦生活培育出来的,因此更多慷慨之音。他的名作《赠白马王彪》七章是交织着哀伤、愤慨和恐惧之情的长诗。这诗作于黄初四年(二二三)。在这一年的五月,他和任城王曹彰、白马王曹彪同到洛阳朝会。曹彰到洛阳后就不明不白地死了①。曹植和曹彪在七月初回封地,本打算同路东行,但朝廷强迫他们分道。他们在曹丕的猜忌压迫之下,前途茫茫,分手的时候那情绪确是够复杂的。这诗第三章"鸱枭鸣衡轭,豺狼当路衢,苍蝇间白黑,谗巧令亲疏"四句痛骂小人播弄是非,离间骨肉。他对朝廷的愤怒情绪只能这样发泄。第六章写生离死别之感,对着将离去的曹彪想到永逝的曹彰,从曹彰的结局想到自己的前途,悲惧交集。第六章勉强对曹彪宽慰却又掩藏不住自己的悲伤。都是真情实感自然动人的表现。

在《赠白马王彪》诗里作者的情感迸涌而出,比较地不加掩蔽。在别的许多诗里往往用曲折隐微、比兴寄托的方法来表现。如《吁嗟篇》以转蓬长去本根比喻自己和兄弟隔绝。《七步诗》用萁豆相煎比喻骨肉相残,这都是读者最熟悉的。又如"种葛南山下"、"浮萍寄清水"、"揽衣出中闺"等篇,作怨女思妇的口吻,借夫妇写君臣,是向曹丕表示心曲的诗。《怨歌行》叙周公待罪居东的故事,借古讽今,是对曹叡剖白自己的诗。还有一些游仙诗,也应该当做咏怀诗来体味,像"九州不足步"(《五游咏》),"中州非我家"(《远游篇》),"人生不满百,戚戚少欢娱"(《游仙》),"四海一何局,九州安所如?"(《仙人篇》)等句,分明都是"忧患之辞",而不是"列仙之趣"。作者在《赠白马王彪》诗中明说"松子久吾欺",又曾著《辨道

---

① 《三国志》注引《魏氏春秋》说曹彰到洛阳后因文帝不即时召见,"忿怒暴薨",但《世说新语》说文帝忌惮曹彰骁壮能用兵,将毒药放在枣里,害死了他。

论》骂过方士，可见他并不迷信神仙，游仙诗无非借升天凌云的幻想来发泄苦闷而已，作者隐然自比于屈原的"不容于世，困于谗佞，无所告诉"（王逸《楚辞·远游序》），游仙诗有心仿效《楚辞》，上引各句就是《楚辞·远游》"悲时俗之迫厄"的意思。至于《五游咏》、《远游篇》的诗题就是学《楚辞》，那是更明白不过的了。

此外还有一篇《盘石篇》，所写"经危历险阻"，"南极苍梧野"，也都是想像境界，虽然不是游仙诗，命意也类似《楚辞·远游》。这诗结尾"仰天长叹息，思想怀故邦"，和《远游》"临睨旧乡，仆人心悲"的心情正是一样。

曹植对于勋业、荣名的追求却是执着的，他虽在忧患之中不曾厌弃人生，也不想逃避现实。他自谓"怀此王佐才，慷慨独不群"（《薤露行》）。偏偏在有为的壮年不能去建功立业，却被人软禁着，其苦闷是可以想像的。当他按捺不住的时候，也曾上书给明帝要求让他参加对吴蜀的战争。但愈是这样积极愈使得曹叡认为他有野心，猜忌反而加甚，防范也就更严了。当他感觉到"戮力上国，流惠下民，建永世之业，流金石之功"（《与杨德祖书》）的希望完全断绝的时候，便想博个身后之名。这一点在他似乎确有把握，他说："骋我迳寸翰，流藻垂华芬。"（《薤露行》）不过，仅仅做个诗人在他还是不甘心的。

他在政治上的失意和生活的艰辛增长了他对人民疾苦的关心，他的《泰山梁甫行》反映"边海民"的贫困。《门有万里客》道出流浪人的悲哀，《转蓬离本根》（《杂诗六首》之二）描写"从戎士"的饥寒，都贯注了悲悯之情。

曹植自己说"雅好慷慨"，上述这些苦闷而复杂的感情构成他的诗里的慷慨情调。锺嵘《诗品》评曹植的诗道："骨气奇高，词采华茂。""骨气"和这种慷慨的情调是分不开的,而"词采华茂"则说明曹植在诗的语言提炼上的成就。他的古典文学修养有助于提炼诗的语言,但他是在乐府民歌的基础上来提炼的,不是走向汉赋的"深覆典雅",而是发展乐府民歌的"清新流丽"。其成就正如黄侃《诗品义疏》所说的"文采缤纷,而不离间里歌谣之质"。

曹植对于民间文学的看法见于《与杨德祖书》,他说:"街谈巷议必有可采,击辕之歌有应风雅。"在诗歌创作的实践上和他的父兄一样,道路是乐府民歌化。他的诗一半以上是乐府歌辞,五言诗是主要的形式,在句调上随处见出乐府民歌的影响,例如:

> 借问谁家子?幽并游侠儿。少小去乡邑,扬声沙漠垂。(《白马篇》)
>
> 披我丹霞衣,袭我素霓裳,……带我琼瑶佩,漱我沉瀣浆。(《五游咏》)
>
> 茱萸自有芳,不若桂与兰,新人虽可爱,不若故所欢。(《浮萍篇》)
>
> 拔剑捎罗网,黄雀得飞飞,飞飞摩苍天,来下谢少年。(《野田黄雀行》)
>
> 本是朔方士,今为吴越民。行行将复行,去去适西秦。(《门有万里客行》)
>
> 借问叹者谁?自云客子妻。……君若清路尘,妾若浊水泥。(《七哀》)
>
> 欢会难再遇,兰芝又重芳。人皆弃旧爱,君岂若平生?(《杂诗》)

从这些例子可以看出民歌像清泉流过花园似的浸润着曹植的诗篇。我们还可以借《美女篇》来较具体地说明他在乐府民歌基础上的提高。《美女篇》的前半显然采取了古辞《陌上桑》第一解的表现方法而加以变化。《陌上桑》第一解云：

> 日出东南隅，照我秦氏楼，秦氏有好女，自名为罗敷。罗敷喜蚕桑，采桑城南隅。青丝为笼系，桂枝为笼钩。头上倭堕髻，耳中明月珠。缃绮为下裙，紫绮为上襦。行者见罗敷，下担捋髭须。少年见罗敷，脱帽着帩头。耕者忘其犁，锄者忘其锄，来归相怨怒，但坐观罗敷。

《美女篇》前半云：

> 美女妖且闲，采桑歧路间。柔条纷冉冉，落叶何翩翩。攘袖见素手，皓腕约金环。头上金爵钗，腰佩翠琅玕。明珠交玉体，珊瑚间木难。罗衣何飘飘，轻裾随风还。顾盼遗光彩，长啸气若兰。行徒用息驾，休者以忘餐。借问女安居？乃在城南端。青楼临大路，高门结重关。容华耀朝日，谁不希令颜？

两诗各自写了一位女性的居处、采桑、服饰和容貌。内容相同，风格情调也相近。但叙述的次第和详略，描写的重点和手法有同有不同。我们试比较下列这几处：一，《陌上桑》在叙述句"采桑城南隅"之下用了两句描写采桑的用具。《美女篇》在叙述句"采桑歧路间"之下也用了两个描写句，但不是描写用具而是描写桑树。从"柔条冉冉，落叶翩翩"的描写见出那桑是被"采"着的，和下面"攘袖见素手"一句紧紧联接。这个对动作的叙述是《陌上桑》所没有的。二,《陌上桑》"头上倭堕髻"以下四句写女子的穿戴,《美女篇》从"皓腕约金环"到"轻裾随风还"也是写女子的穿戴,同样用铺排的写法。但是后者不像前者从头部的装饰写起而是从手腕写到头上。因为那手正在采桑,高出于头,从桑而手而头,才是顺序而下。"缃绮"两句和"罗衣"两句同是写衣裙,但后者不去描写颜色而描写衣裙的飘动,这样就和上文对柔条落叶的描写相应。三,《美女篇》用"顾眄"两句写女子的丰神态度,刻画那"美女"的"美",这也是《陌上桑》所没有的。四,《陌上桑》"行者见罗敷"以下八句从旁人的举动托出罗敷的美,是诗中精彩之处。《美女篇》作者并不肯呆板地模仿,而将那八句的意思压缩成两句(后者的简炼和前者的铺排各有好处)。这两句里的"息驾"、"忘餐"又和上面的"遗光彩"、"气若兰"紧相联接,见出动人的是声音笑貌之美,不只是穿戴华丽。从这几点的对照可以看出曹植写《美女篇》确实受到《陌上桑》的影响,但不是模仿,而且有所提高。因为描写更细致饱满,形象也就更具体生动(这里比较的是局部的描写,不是全篇)。曹丕的作品受民歌影响处有时还显露模拟的痕迹,给人以半成品的印象,如《临高台》就是。这是曹植所没有的缺点。

五

上文介绍了三曹诗歌的重要作品,那些作品的主要共同特征(也是建安诗歌的共同时代特征)就是现实性、抒发性和通俗性。抒发性可以说明这时代文学的现实性的特点,通俗性则是现实性的内容所决定的。这里就这三点再补充一些说明,为了方便还是先从抒发性谈起。

从两汉辞赋的发展看来,建安以前辞赋的内容以颂扬鉴戒为主,到建安时代便由颂扬鉴戒而抒情化。从乐府诗歌的发展看来,汉乐府民歌本以叙事为主,到建安作家手里便由叙事而抒情化。两者都表明抒发性是建安文学的特色。

谢灵运《拟魏太子邺中集序》说王粲"遭乱流寓,自伤情多",说应玚"流离世故,颇有飘薄之叹",说陈琳"述丧乱事多",说曹植"有忧生之嗟";刘勰《文心雕龙·才略》篇说刘桢"情高以会采";锺嵘《诗品》说曹操"颇有悲凉之句",又说王粲"发愀怆之辞"。从这些说明都可以看出建安诗歌的抒发性。

关于建安诗歌,《文心雕龙》又总括地说明道:"文帝、陈思、……王、徐、应、刘……慷慨以任气,磊落以使才。"(《明诗》篇)又道:"观其时文,雅好慷慨,良由世积乱离,风衰俗怨,并志深而笔长,故梗概而多气也。"(《时序》篇)慷慨之音就是建安诗歌抒发性的具体表现。当时文人饱经流离,生活的感触多,这种感触便是慷慨之音的由来。他们一般都有恐惧生命易尽,急于乘时立业,追求不朽之名的思想。如陈琳诗云:"骋哉日月逝,年命将西倾,建功不及时,钟鼎何所铭?"(《游览》二首之一)和曹操的"壮心不已"、曹植的"慷慨不群"正相类似。这种感情和"愍乱离"的感情都是建安诗慷慨之音的共同内容。这种内容不但反映了社会的丧乱,也反映了这个新时代文人的积据精神。这样的慷慨悲歌永远有一种强烈的感人力量,后人所谓"梗概多气"或"建安风骨"便是指这一种力量。

建安诗歌不但在思想内容上反映了社会现实,而且还具体地描写了社会生活,前面曾从三曹的作品里举过这一类的例子,其余如王粲的《七哀》，陈琳的《饮马长城窟行》，阮瑀的《驾出北郭门行》，蔡琰的《悲愤诗》等，各自写出社会苦难的一面。这些作家或半生戎马，或历经忧患，实际生活的接触面广，感受得多，体验得深，所以作品的现实性强。另一方面，乐府诗的现实主义精神也给予建安作者直接影响。乐府民歌本是直接描写人民生活的，象《孤儿行》、《战城南》一类的乐府对于建安社会诗有直接影响。

乐府民歌对于建安文人诗是从内容到形式都产生影响的。上面谈过三曹诗的民歌化，"民歌化"便包含着语言的通俗性这一特征。将一般建安诗和两汉正统文学——赋颂和四言诗——比较起来，通俗化的色彩是很明显的。尽管比起最初的五言诗（如班固的《咏史》）来建安作品显得文采化，比起质朴的民歌来又不免"雅词"化，但基本上还是明白自然的语言，不曾失掉"乐府性"。这一点在当时词采最华茂的曹植诗里也还是很显著的。

这里再略述建安以前文学语言通俗化的趋势。散文方面，在一世纪下半，思想家王充（二七至一〇〇）已经主张而且实行使用朴实通俗的文字。在辞赋方面，汉灵帝时曾有以乐松、江览为首的"鸿都门学"派，大量制作以"连偶俗语"为形式特征的辞赋。这一派作家曾被世家大族阶层的正统派文人学者所攻击，骂他们为"群小"、为"驩兜"，比之为"俳优"[①]。这派作品并未保存下来，但从《后汉书·蔡邕传》的叙述，知道那是颇为通俗化的。同时有一位名士赵壹做了一篇《疾邪赋》，赋里夹有两首五言诗，其第一首云："河清不可俟，人命不可延。顺风激靡草，富贵者称贤。文籍虽满腹，不如一囊钱。伊优北堂上，肮脏倚门边。"这里面颇有俗语，全

---

① 详见《后汉书》的《蔡邕传》、《杨赐传》和《阳球传》。

诗是很近乎白话的。五言诗本是民歌体,从班固以来间或有文人偶然模仿作一两首,现在用来夹在辞赋里,也可以见出时代风气的转移。这种趋势说明建安时代民歌化通俗化的诗体一方面为现实性的内容所决定,另一方面也是从一定的基础上发展起来的。

我们在这篇文章的开头曾引用沈约"以情纬文,以文被质"两句话,假如读者问:这"情"是怎样的情?"质"是怎样的质?"文"是怎样的文?现在便可以从以上三点的说明得到答复。

一九五六年春

关于《孔雀东南飞》疑义

傅庚生先生在《孔雀东南飞疑义相与析》文中提出《孔雀东南飞》诗中几个字句问题来讨论,其中一、二两条是比较异文,另外两条是疏通文义。这几个问题,其为疑难的程度虽不相同,却无一不是异说纷纭。或许正如傅先生所说:"诗中的疑义,往往生于原句的模棱两可;见仁见智,就难免有些出入的地方。"正因为如此,傅先生的主张虽然足备一说,却还不能完全祛除我的疑惑。在这里把我的疑问提出来继续向傅先生请教。尽管问题很小,分歧也不是很大,却多少会涉及一些方法或原则问题,讨论一番,不为无益。

一、关于"新妇初来时,小姑如我长"两句,一本作"新妇初来时,小姑始扶床;今日被驱遣,小姑如我长"四句,原诗的面目究竟如何的问题。傅先生认为:从四句本为好,如删去中间两句,或依另一种意见全删这四句,"都有美中不足或文义不足的缺陷","必非原作之真"。这是傅先生从文义和修词角度分析,得出的结论。但是这个问题是否单从文义、修词着眼就可以解决呢?这是我的一大疑问。

《孔雀东南飞》出于《玉台新咏》。宋本《玉台新咏》只有"新妇初来时,小姑如我长"两句。宋本和元明刻本《乐府诗集》都是这样。我曾以为增加两句始于元人左克明所编的《古乐府》,后来见到元刻本《古乐府》,并无这两句。从本子先后情况看来,只能认为作两句的本子合于"原作之真",作四句的是明朝人的改本。

这四句又见于唐人顾况的《弃妇词》而小异。顾诗中的四句是:"记得初嫁君,小姑始扶床;今日君弃妾,小姑如我长。"究竟是顾况袭用《孔雀东南飞》的陈句,还是后人以顾诗加入《孔雀东南飞》呢? 如果承认宋刻《玉台新咏》和《乐府诗集》的权威性,答案应该是顾况袭用《孔雀东南飞》而增加了两句,后人又将顾诗所增的两句加入《孔雀东南飞》。如果再从词理角度考察这四句诗在两处的不同情况,所得印象和上述答案也没有什么矛盾。顾诗中的弃妇,从结发嫁夫到色衰被弃,大致经过了十几年,小姑从扶床到长成所需的时间也正是十几年,诗中"记得"四句表示女在夫家历时非短,由此生出感慨。至于《孔雀东南飞》中的兰芝和仲卿,"共事二三年,始尔未为久",在上文已经交代。这里"新妇"四句所表示的时间却长了五六倍,无论如何不能说和上文没有矛盾。如果说在修词上这种矛盾不是什么大缺点,那是另一问题,在这里因为是同顾况《弃妇词》比较,这个矛盾正说明一个问题,就是这样的四句诗放在《孔雀东南飞》不如放在《弃妇词》里那么自然妥贴,正好像一件衣服,甲穿来稳称腰身,乙穿来不甚合体,如问谁借谁的衣服穿,答案大概是不会有分歧的。

在《乐府诗选》里《孔雀东南飞》这一段的正文依从宋本《玉台新咏》和《乐府诗集》,我在注中介绍了别本的异同并略论其得失,理由不外上文所说。此外又介绍了另一种意见,就是认为连原有的两句也都是后人所加的①。这一说全凭臆测,其实可以置之不论。

增加两句也有一定的优点,我丝毫不否认。那优点就是语气比原诗更完全,今昔对比更鲜明,音节也更美好。但尽管有这些优

---

① 见闻一多《乐府诗笺》。

点,改本仍然是改本,它至多可以和原作并行,却不能代替原作。词章之美和"原作之真"毕竟是两回事,不宜混淆。明人杨升庵曾假托"古本",将杜甫的《丽人行》增加了"足下何所着,红蕖罗袜穿镫银"二句,有些文人很表示欣赏,但钱牧斋因为遍考宋版杜集无此二句,不从杨说。这种态度是谨严可法的。

文义和修词的标准尺度不免因时代改变而有所不同。先秦的文章不同于汉魏,汉魏不同于南北朝,南北朝不同于唐宋以后。如果单从文义、修词的推求论断古人文字的真伪,还得提防以后人的标准错加于古人。《孔雀东南飞》以"新妇初来时"二句直接"勤心养公姥",并非词理不可通,比起改本不过显得朴拙一些罢了。这种朴拙在后人看来不免美中不足,但在汉魏诗中却并不妨碍它为"原作之真"。在下面的一个问题里这一点就更显著了。

二、关于"汝今无罪过,不迎而自归?"一本"无"字作"何",两本优劣得失的问题。傅先生认为"以'何'易'无',于义为长",仍然是从文义修词着眼。但是在这里本子的情况更明白地表示了孰为原作。《玉台新咏》、《乐府诗集》和《古乐府》都作"汝今无罪过",没有作"何罪过"的。以"何"易"无"始于明人的编选本。纪容舒《玉台新咏考异》说:"无,《诗乘》诸书并作'何'。按'无罪过'不似问词,作何为是。然皆不言所本,盖明人推求文义,以意改之。"纪氏根据本子说话,认为"何"字是明人臆改,这是对的。但是他又认为从文义推求作何为是,却并不然。明人的改动和纪氏的赞同都是由于对原文词义有所误解。闻一多《乐府诗笺》说:"今犹若也。《论衡·感虚》篇曰:'汤之致旱,以过乎?是不与天地同德也。今不以过致旱乎?自责祷谢,亦无益也。'今不以过致旱,即若不以过致旱。《诗乘》等不识今字之义,改无为何,误甚。"闻说是中肯的。"今犹若也"说本王念孙,见《经传释词》。杨树达《词诠》和裴学海《古书虚字集释》都罗列了许多例子加以说明。纪容舒以"今"字为今昔的今,所以觉得"汝今无罪过"不似问词,便不得不以明人的臆改为是。这是以明清人心目中的文义推求汉魏间的诗,发生误解本来是不足怪的。

傅庚生先生主张以"何"易"无"又有新的理由,他说:

> 上面既说"……十七遣汝嫁,谓言无誓(愆)违",下面正可接以"汝今何罪过,不迎而自归"。母亲说:一切妇职女红,桩桩件件都教你学好了,才将你许聘给人家,我已尽了心力,你也不差什么,应该没有问题了;到底是触犯了什么律条,竟被人家休回你来了呢?所以下面又接"兰芝惭阿母:'儿实无罪过'",……"实"是概括了二三年间所受煎熬逼迫的省炼语,"无罪过"是回答阿母问询的"何罪过"。当时自然要详述了"鸡鸣入机织……"等等一切被人折磨的生活情形,所以"阿母大悲摧"。
>
> 这样才丝丝入扣,合情合理。若在兰芝还没有说"儿实无罪过"之前,阿母就先已提出"汝今无罪过,不迎而自归",反而显得出语无根。而且语气之间更有必是你自己犯了什么罪过,才被人家把你赶回来的武断涵意,不契合慈母对爱女的衷情。……

对于《孔雀东南飞》这一段文字的体会我和傅先生不同。我的浅见倒是觉得原诗"汝今无罪过,不迎而自归"可能比改"无"为"何"更为合情合理。从上面的"阿母大拊掌,不图子自归"到这里共有十句。这十句写出了阿母乍见兰芝一时惊疑矛盾的复杂心理和既是责备又是询问的迫切语气。阿母见女儿自归，先是大吃一惊，因为自归必是犯了过错。继而转念一想，女儿在家曾受过很好的教育，又好像不应该有什么问题。可是女儿被婆家驱逐是眼前千真万真的事实，不容怀疑，因而又发生女儿要是无过又何以发生这种事情的疑问。这种惊疑矛盾是合情合理的，如果最后两句中的"无"字易为"何"，就缺少反复，不能表达这种复杂心理了。"你如果没有错，怎么会不迎自归"的问语并不是武断女儿有过，也不是武断她无过，是阿母在希望女儿无过又不能断定她无过的时候逼她赶快解释的语气。这语气是严厉的，因为还含有责备，当时情况正该如此。如作"何罪过"那就太平淡了。不仅太平淡，而且情理上也似乎有不大切合的地方，因为阿母这时候首先要知道的是女儿有罪过还是无罪过，而不是"触犯了什么律条"，如果问到她"触犯了什么律条"，那倒好像已经武断她是有罪过的了。

至于下文的"儿实无罪过"，自是"剖白之词"，话虽说得简单，却是有声有泪，包含无限的委屈。阿母是疼爱女儿又是信任女儿的，不需要她说出更多的话便立刻变责备为怜惜，化疑云为泪雨，所以"大悲摧"。当时兰芝是否"自然要详述了'鸡鸣入机织……'等等一切被人折磨的生活情形"呢？似乎不然。当时她的心里虽然有千言万语也只能并成那么一句简单的剖白之词，其余只能让眼泪去说。二三年中的悲苦生活，不是三言两语所能述，也不是三朝两日所能述，而且一时也不知道从何述起。所以我看不出"儿实无罪过"这一句诗里有傅先生所设想的那许多涵意，无论上文是"无罪过"还是"何罪过"，似乎都不能增加这一句的涵意。

三、关于兰芝请阿母拒绝县令家结亲要求时所说的"自可断来信,徐徐更谓之","之"字何所指的问题。傅先生认为"之"当指媒人,"徐徐更谓"表示"婉词峻拒"。此说远胜以"之"字指焦仲卿的旧说。我在《乐府诗选》注文中以"之"字指再嫁这件事,则是另一种考虑。原诗上文叙阿母听了媒人的话之后便对兰芝说"汝可去应之",兰芝的回答是"兰芝初还时,府吏见丁宁,结誓不别离。今日违情义,恐此事非奇"。"此事"即指违誓再嫁,"非奇"犹言"不美"。兰芝矢志不嫁,没有丝毫动摇,是无疑的,但是"恐此事非奇"(意即恐怕这样不大好)却是非常委婉的语气。"徐徐更谓之"(意即慢慢再谈它吧),和此句语气正相类似。傅先生以为此时此际只该斩钉截铁地表示坚决不嫁,但"处境极苦"的兰芝在当时的考虑可能不是这样简单。她被逐回家已经使得娘家人觉得丢脸,以后不嫁又势必增加娘家的负担,现在她第一次拒绝婚议,对母亲说出自己的心事,并没有把握一定得到母亲的支持。她的地位正是所谓"那得自任专"的,虽在母女之间也不能不考虑说话的方式。而且和县令家结亲又是阿母所愿意的,她已经向女儿说"汝可去应之"了。在这时候兰芝对母亲恐怕只能婉词推宕一下,慢慢地再求得她的谅解。因此我仍然觉得我在《乐府诗选》注中对"徐徐"句所作的解释未尝无当于情理。如果嫌这样解释语气稍软,则上文"恐此事非奇"句也会引起同样问题,不晓得傅先生对于那一句是否另有解释。

四、关于"媒人去数日"以下几句如何解释的问题。这几句是全诗中疑义最多的地方,其实也是这首诗的弱点所在。最费解之处如"寻遣承请还"句,遣是何人遣?请是向谁请?所请何事?还于何所?又"说'有兰家女'"句,说是谁说?兰家女指何人?这些问题的解决成为疏通这一段文义的关键,而"兰家女"的问题,更需要首先解决。过去以"兰家女"指兰芝的人或疑兰字是刘字之误；或疑家字是芝字之误。认为"兰家女"另有所指的人又疑这两句当在下文"阿母谢媒人"下（闻一多引许骏斋说）。这些怀疑都有一定的理由，尤其是将"说'有兰家女'，承籍有宦官"移作阿母辞谢媒人的话，于词理较顺。可惜总嫌臆改无据。我曾想在不改动原文的条件下，试为疏瀹。将"寻遣"句解为县令因事遣丞请于太守而回。将"说有"二句解为县丞向县令建议另向兰家求婚，言兰家承籍有宦官，比刘家门第更好。县丞受太守委托，恐怕县令不愉快，所以替他家另说一门亲事，这是可以说得通的。但也许不免如傅先生所说，"有些枝蔓"，是一缺点。依傅先生的解释，便可以"一根线贯下去"，同时上文的"说"和下文的"云"分属两人也似乎比较明白。但可惜的是对于何以称兰芝为"兰家女"，未有圆满的解释。傅先生说"民歌在姓氏称呼上原都不甚沾滞"，"不太拘泥于先后层次以至一词一字之微"。这样取消问题似乎说服力是不足的。何况将《孔雀东南飞》完全作一般民歌看待也不一定妥当。傅先生以本篇中的秦罗敷为比，其实问题并非一类。如果以前曾有什么作品或记载提到过姓兰名芝的女子，像《陌上桑》提到"秦氏有好女，自名为罗敷"那样，那就很有助于说明兰芝是作者"信手拈来"的姓名了。但是并没有这样的根据。傅先生文中又说："何况兰芝姓刘，又只有序中提到呢？"似乎认为诗和序虽有矛盾，论者却不必据序疑诗。这个意见却比把问题取消好得多。序中叙述本事虽然有名有姓，诗中却可能把真名实姓隐去了（焦仲卿的姓名在诗里也不曾出现）。假如这样解释诗和序相矛盾的原因，未尝不可通。正不必据诗疑序，也不必据序改诗。不过说兰芝姓兰也还有一个小缺点，她对阿母几次自称兰芝，如果不是称名而是连名带姓，又不大符合惯例。不久以前有人据《列子·说符》篇张湛注"凡人物不知生出者谓之兰也",解释本篇"兰家女"犹"今人说某某人家的女儿"。其说能否成立,可以研究,这是解决此句疑义的又一途径。总之,对于这一段文字至今还没有完全令人满意的解释,疏瀹工作或许还待努力。解释困难也未尝不由于这几句诗本身有缺点。这里连续几句都省略了主词,所以弄得头绪不清。"简而不当"尚不止"请还"两字而已。至于傅先生的析疑自然是可备一说,值得大家认真研究的。

以上就傅庚生先生所提出的问题,大胆献疑,算不得争鸣,不过希望聊助于讨论罢了。

一九六一年三月十四日

余冠英先生学术年表[*]

1906 年(光绪三十二年)

5月16日生于江苏省扬州。名冠英,字绍生。

1922 年

入江苏省立第八中学(后改名"扬州中学")。曾任扬州学生联合会会长。

1926 年

考入北京清华大学历史系,后转入国文系。

1927 年

转入东南大学,一学期后返回清华继续学习。

1930 年

7月毕业。因转校期间学分计算与教育部规定不合,算1931年毕业生。在校学习成绩优秀,受到黄节等教授赏识,留清华大学任助教、讲师。

1931 年

6月1日,在《清华周刊》发表《清华不是读书的好地方》,署名"灌婴",被收入《中国新文学大系》(1927—1937)第十集(散文专辑,朱自清主编)。

---

[*] 本学术年表由徐公持撰写。

1937 年

抗日战争爆发,南归扬州,转赴昆明。

1938 年

起任西南联合大学师范学院副教授、教授。

1940 年

与浦江清、罗庸等教授共同创办《国文月刊》,任主编,并发表论文多篇。

1946 年

秋,西南联大解散,复员回北平,再任清华大学教授。曾主编《新生报》副刊《语言与文学》,并发表论文多篇。

1952 年

全国院系调整,清华大学取消文科,调入北京大学文学研究所任研究员、古代文学研究组组长。

同年,《汉魏六朝诗论丛》由上海棠棣出版社出版。

1953 年

文学研究所划归中国科学院,长期担任该所古代文学研究组组长。

同年,《乐府诗选》由人民文学出版社出版。

1954 年

撰写《祖国十二诗人》(与浦江清、王瑶等合著),由中华书局出版。

1956 年

1 月,《诗经选》由人民文学出版社出版。

8 月,《三曹诗选》由人民文学出版社出版。

9 月,《诗经选译》由人民文学出版社出版。

1958 年

10 月,《汉魏六朝诗选》由人民文学出版社出版。

1962 年

8 月,参与组织编写并任总负责人的《中国文学史》(三卷本)由人民文学出版社出版。

1978 年

4 月,主持编写《唐诗选》,选诗人 130 余家,作品 630 余首,由人民文学出版社出版。

1979 年

1 月,中国科学院哲学社会科学部改组为中国社会科学院,任文学研究所副所长,兼学术委员会主任。

11 月,新校点本《乐府诗集》(余冠英、陈友琴、周振甫、乔象钟点校,全四册),由中华书局出版。

1980 年

1 月,《文学遗产》以杂志形式正式复刊,由文学研究所主办,为首任主编。

1985 年

4 月,《古代文学研究集》(余冠英、胡念贻、傅璇琮等著)由中国文联出版社出版。

1987 年

10 月,《古代文学杂论》由中华书局出版。

1995 年

9 月 2 日因病逝世。

记余冠英先生及其学术

徐公持

见过余冠英先生的人,无不为他的平易近人所感动。他待人接物亲切诚恳,略无大学者老专家的架子。我自1964年春到中国科学院文学研究所工作,即蒙先生不弃,常谬承教诲。我凡有学术上的问题,包括研究方向、具体课题等,都会向他请教,他也总是不吝赐复。即使是"文革"开始后,我也曾数次去向他请安。到了上世纪70年代后期,业务正式恢复,记得当时我写了两篇关于曹植的考证文章,请他批评。他看后表示赞许,又指出一些地方存在欠缺,并且鼓励我将文章投给中华书局的刊物《文史》。这是我"文革"后最初发表的文章。当时在他领导下的古代组一些成员,经常在他家会面,或者讨论科研工作的开展,或者谈研究生的培养,他擘划部署,指挥若定,有条不紊,古代文学研究组的工作遂得以顺利展开。我亦曾多次参与,切身体会到余先生虽年事已高,干劲则可与年轻人比拟。后来他移家至紫竹院宿舍,虽然路途较远,我仍多次前往,特别是节日,一般我都要随古代室年长诸公去登门致意,每次前往,都是一次愉快的聚会,都得到他的一份教诲。我本懒于串门,但在那些年里,我从未有过因去余先生家而畏葸却步的感觉。上世纪80年代后期,余先生高龄已八十有余,且身体衰病,我还几次看到他在给外地某些并不熟悉的读者写信,答复他们的问题,甚至修改他们的文章,我以"不宜太累"为由劝他不必每函皆复,他却以自嘲的语气说道:"像我这样年纪的人,还可以做做这些为社会服务的事情。"他这种"为社会服务"的精神,不能不令人肃然起敬。

另一方面,余冠英先生在为人处世上又是严谨的。他十分注意大节。他少年时代就很关心积贫积弱的国家命运,曾任扬州地区学生联合会的会长。在清华大学学习期间,因参与进步学生运动而受到北洋军阀威胁,被迫离开北京,就读于南京的东南大学一学期。上世纪三四十年代,他长期服务于清华大学、西南联大,当时校内的成分比较复杂,他对教师、学生中的黑暗势力总是采取疏远的态度,而向民主力量靠拢。尤其到了40年代后,他更是成为闻一多、朱自清等民主战士的可靠朋友,他就是在那时加入中国民主同盟的。1948年,朱自清"宁可饿死,不领美国救济粮",作为清华园里一次有组织的民主运动,余冠英先生与朱自清先生等,同在一份义正词严的声明上签了名。1949年初,清华大学的进步教授不顾反动势力威胁,组成临时管理机构,护校迎接解放军,余先生也是成员之一。新中国成立后,余先生怀着满腔热情,投入祖国的文化建设事业,他在中国科学院文学研究所的建设工作中,贡献尤多,并长期担任古代文学研究组的组长。在上世纪五六十年代,由于政策上的偏颇,文化学术界曾发生过多次批判运动,一些知识分子不幸罹祸,余先生迭经这些风浪,一方面以自己的谨言慎行得免,另一方面,他也从未扮演过批判他人的角色,他的基本态度是情愿不当"积极分子",也要"与人为善"。余先生就是以这样的态度,砥砺着为人的良心,同时维护着自己的名节。这一点也使他在同行中赢得了好评和尊重。南京大学著名教授程千帆先生说:"对于余冠英先生的道德学问,我是非常敬佩的。"其言出自肺腑,非一般恭维之辞。吴组缃先生曾在一次会前与余先生打招呼,当众大呼"大哥"。吴先生当时将届八十高龄,亲厚之情,溢于言表。

严谨与平易,其实也是余冠英先生的学风。在余先生已经面世的学术成果中,数量最多影响也最大的是几种古代诗歌选本,包括《诗经选》、《乐府诗选》、《三曹诗选》、《汉魏六朝诗选》、《唐诗选》(合作)等,这些选本的编写,占去了他许多科研时间和精力。一位在1949年前已经知名的学者,为何要花如许多精力来编选本?今天的读者也许难以理解这一做法,对此要结合上世纪五六十年代的背景考察,方能有所理解。新中国成立后,面临着普及祖国优秀文化遗产的新形势,广大干部和青年学习古典文学的愿望十分强烈,这是当时社会的需要,所以全国都有不少著名专家来从事这项工作,如高校的冯至、浦江清、朱东润、苏仲翔、龙榆生、王季思、马茂元等教授,也都编有古代作品选。此其一。其二,这也是文学研究所科研规划中的任务,当时所内其他老专家也承担了类似的工作,如俞平伯、钱钟书、王伯祥等,不特余先生为然。不过应当指出的是,余先生对这项工作非常认真,并不因为作品选带有普及性质,便予以轻视。大专家也不妨做普及工作,只要做得好,无损于学术工作的圣洁崇高,也无损于学者本身的声誉。他在这里表现出的,正是一种治学上的平易作风:凡是社会需要的,我都可以做,即使是做带有普及性的工作,也值得。

然而就如他的为人一样,余冠英先生在治学上的严谨也是很突出的。这种严谨学风同他的学术功力结合在一起,使他在自己的研究领域内取得许多成就。收入《汉魏六朝诗论丛》一书中的文章,题目有大有小,我们通过这些论文看到的是,作者对于乐府诗歌的总体把握很深细,他的分析总是那样细致入微,而结论也总是下得恰到好处,每一篇都有自己独到的学术心得。他行文简洁流畅,朴素平易,论文写得一点也不枯涩,读来犹如优美的散文。1965年他发表在《文学评论》上的一篇讲《诗经》的错乱和拼凑问题的论文,那是用书信体写的,全篇语气就是在与一位朋友作亲切谈话,本来艰深的问题被他化解得易于理解并接受。有些论辩文章,既含有很强的自信心,也不盛气凌人,而是讲足道理,以理服人,显示良好的文风。关于这方面的成就和特色,王瑶先生《前记》已经说得很透彻了。下面我就着重谈谈余先生在选本及文学史研究方面的贡献,以为补充。

余先生的几种诗歌选本,当时社会影响很大。可不要以为这只是普通的读物而已,从纯粹的学术眼光去考察,它们的质量是很高的。他实际上是将这几部作品选注当做一项严肃的学术工作来做了,所以他的许多学术心得、学术创见都融注进了这几部选本,使之具有了一般选本少有的学术精品品格。我们只需看在它们问世后的将近半个世纪中,相同领域又产生了许多新的选注本,而那些后出者尽管有更多的参考材料,却很少能够在质量上有所超越。由此即可明白,编选本也不是人人都能手到擒来的,而选本的生命力也决定于其所蕴含的学术成色是否充盈。

余冠英先生选本学术质量高,读者兴许能够从书中那些简明扼要的注解以及深入浅出的序言里有所体察。不过一般读者要具体领略到在哪个问题上表现了编者的何种学术创见,恐怕就不那么容易了。原因是大凡学术上的新见,一般都涉及专门的疑难问题,普通读者不明了这些专门问题的来龙去脉,当然就难以判明某种论点的学术是非,衡估其学术上的分量轻重;另外,余先生出于他的编撰理念,并不愿意将自己在选本中的学术创见突出出来,相反地他却作了这样的处理:"注释者的创说也并不特别说明,因为普通读者不需要知道哪是旧说哪是新解,而专家学者不需说明自能辨别。"(《乐府诗选》序)这就令普通读者更难把握其新见之所在。有鉴于此,我这里就不能不举一些例子,把余先生自己"不特别说明"的"新解"拈出几则来加以说明,以便大家更好地看清余先生这几部选本的学术层次。问题可以分篇义解说和字句诠解两大方面来说。

首先余先生对所选作品的篇义实即作品的"主题"的解释,实在是颇多发明的。这在《诗经选》、《乐府诗选》二书中尤多,使得长期受"诗教"蒙蔽而本义被严重歪曲的《诗经》作品,以及因历来少有人作深入研究整理而面貌逐渐模糊失真的乐府诗歌,得以部分恢复其原义原貌。例如《王风·黍离》,前人都沿袭《毛诗序》"大夫行役,闵周室之颠覆"之说;而余先生能突破成见,认为"从诗的本身体味,只见出这是一个流浪人诉忧之辞,是否有关周室播迁的事却很难说"。又如他解乐府诗《平陵东》为"写官吏贪暴""义公被官府所劫,勒索财物",解《善哉行》为"宴会时主客赠答的歌",等等,也都与旧说不同,从新的角度解释了诗篇的主旨。乐府中《艳歌行(南山石崔嵬)》,旧说以为是写民间女子被采充后宫,自伤别离之作;《白头吟》,旧说以为卓文君作;《梁甫吟》,旧说以为诸葛亮作;他也指出这些是"由误解生出来的误解",并从正面提出了对三篇诗歌的看法,说得中肯切实,既是新见,又颇把握分寸。在《汉魏六朝诗选》中,这类关于篇义的新解也不少,如何逊的《相送》诗,过去一般都认为是诗人送客之作,余先生却注意到何逊集中另有题为《相送》的五首诗,从内容看,它们都是写何逊辞别送行者而不是何逊在送别人,于是他联系到本篇,指出"这一首是留赠送别者的诗。前半写行客惆怅的情怀,后半写江上凄寒的景色"。这一创见不但更切合原诗描写,而且根据充分,明显优于旧说。

在词句注释方面,余先生的创见更多。这里只举一则为例,此即《三曹诗选》中对曹植《杂诗》之六"思欲赴太山"句的解释。他注道:

> "思欲赴太山"和"甘心思丧元"是同样的意思,"赴太山"犹言"赴死"。古人相信人死后魂魄归于泰山。所以古乐府《怨诗行》道"人间乐未央,忽焉归东岳",应璩《百一诗》道"年命在桑榆,东岳与我期"。刘桢《赠五官中郎将》诗也有"常恐游岱宗,不复见故人"之句,可见汉魏人惯用这种说法。旧说从地理和时事解释此句,多牵强。

这条注文十分精彩,它一下子去除了相袭已久的积谬。旧说的不可通,远的且不谈,就以近人黄节为例,黄氏说此句云:"思欲赴太山,心随操而东也。"(《曹子建诗注》)其意为,泰山在东方,当时曹操正好远征孙吴去了,所以曹植此句就是在思念东征的父亲。可事实上,泰山与吴国相距甚远,且不在同一方位上,自曹操根据地邺城或洛阳出发征吴,都不必经由泰山,所以那说法的确牵强。而余先生之说,则有理有据,并使诗意豁然贯通,晓畅无碍。这一新解的意义,不只是对一首诗中一个语句的解释,实际上它揭示出了汉魏时期关于"泰山"的一种特殊理解,一种与当时民俗有关联的特殊语义。以此来解释相关作品,自然显得非常合理、贴切。前人不知此义,自然陷于生硬勉强。余先生这个创见,还涉及汉魏时期不少作品的理解,甚至对汉魏之后的不少诗歌的理解都有重要帮助。例如西晋也有不少诗歌中运用"太山"(泰山)的典故,如陆机《太山吟》等,其实际含义都可用余先生的说法给予正确的开释,或者相互印证,所以它还具有触类旁通的普遍意义。诸如此类的妙解胜义,难以一一枚举了,我只能这样说,此类创见,读者须细心阅读,方能深入体会,跨越知识的普及层次,进入学术的高深境界。也唯有此时,才能真正感受到余先生治学之谨严。

余先生的严谨,还表现于他对自己的要求上。他的学术态度很谦虚,例如《关于陈风株林今译的几个问题》一文,对《株林》篇中几个关键语词的解释以及对《株林》的今译是很有创意很准确的,可以说学术水准很高,但是他在文末却说:"我对《株林》诗的领会本来很肤浅,译笔又很拙,姑且借以补充上文未竟之意,兼博一哂。"这种谦逊态度我们在他的《古代文学杂论》后记中看得更清楚,他回顾说早在60年代初中华书局的同志就曾提议出版他的论文集,但是"我犹豫了一些时间,辞谢了,因为想努力写出几篇值得一看的文字,然后再考虑"。时隔十几年后,书局方面重申前约,"我仍在犹豫,并觉惭愧,时间过去不少,文章也写了一些,却感不到有什么长进,经不起挑选"。这不是讲客套话,余先生的谦逊是真诚的。记得余先生上世纪80年代曾给《文史知识》手书过一幅题词,其文字辑自《礼记·学记》:"学然后知不足,知不足然后能自反。"我认为这不仅是余先生对青年学子的期望,从中亦可见余先生本人虚怀若谷的胸次,老而弥笃的求知精神。

以上说了余冠英先生为人及治学上的特点。最后还应补充一点意思是,余先生的学术成果虽然以选本居多,但他主要还是一位文学史家。他编选本,也是以文学史家的眼光来从事这项工作。

其实他的几部选本合起来看,再加上他主持编撰的《唐诗选》(集体合作项目),实际上已经涵盖了大半部中国诗歌史。我们再仔细读几部选本的前言,它们并不仅仅是对各书所选录作家作品的简单介绍说明,而是包含了对相关时代背景、文化思潮、艺术流变、文学的承前启后关系、重要作家的创作特色及其历史评价等方面的深刻剖析,实际上它们都可视为分体或断代的文学史论。

当然,作为文学史家的余冠英先生,他在文学史理论和实践方面必然有其建树。关于文学史理论问题,我们可以举出他在上世纪50年代撰写的一篇书评为例。那是评论陆侃如、冯沅君二位先生《中国文学史稿》的,文章发表在《人民日报》上。余先生在文中着重讨论文学史分期的原则问题。他认为:

> (文学史)和社会一般发展是紧密联系着的,但是社会变化反映到文学上来有时快,有时慢,有时显著,有时不显著,因此社会一般发展的阶段未必和文学发展的阶段完全一致,彼此不是"步亦步,趋亦趋",……因为文学有相对的独立性,它的发展不能不受其自身所固有的客观规律所制约,所以考虑文学史的分期必须注意文学本身的特点,符合文学本身的新旧代变的实际情况。仅从社会一般发展考虑显然是不够的。

文学与社会的关系问题,是文学理论中的第一大问题,也是文学史研究所面临的最重要课题。在上世纪50年代,辩证唯物论、历史唯物论作为马克思主义学说的核心观念,在中国占据了绝对正统地位;而唯物论的反映论认为,文学是社会现实的反映。一些论者不经深思,机械地理解二者关系,遂得出结论说文学发展是社会发展的反映,文学史的发展阶段是与社会发展阶段相一致的。这一条"规律"被学界所广泛接受,并且普遍运用在学术研究中。余先生在文中认为"未必""完全一致",实际上就是反对以社会一般规律代替文学发展规律,主张突出文学特点的文学史观。在1949年后,在文学史领域如此反对机械唯物论庸俗社会学的观点,在他之前尚无人明确提出过。这样的观点在1956年提出来,不啻是空谷足音,在当时是要冒风险的。同样论点的再度提出,已经是中国学术历经数度劫难之后的上世纪80年代的事了,由此我们要佩服余冠英先生的理论思考深度和理论勇气。余先生在该篇文章中还提到,写文学史不能采取"先确定某一时期的历史特征,然后到作品中去找反映"的方法;这是在反映论问题上提出的又一个独到理解,这种理解与当时的主流意识形态之间存在微妙差异。文章又说"作品是否描写了社会上的重大事件,或是否表现阶级斗争,也不能作为衡量思想性高低的惟一标准",文章认为描写了什么只是一个写作题材问题,"除了写什么之外还得看怎么写"。这是对当时流行的"题材决定论"和"写阶级斗争论"提出某种质疑。这些意见,虽然没有很充分地发挥论证,但已经说得相当明白清楚;它们既有现实针对性,又很具学术理论分量。这表明,余先生虽不以文学理论擅名,但他在这方面并非没有自己的见解,应当说他的见解相当深刻。

至于余先生的文学史编写实践,众所周知他是1960年代三卷本《中国文学史》("科学院文学史")的"总负责人"。上世纪80年代初,他又着手主持编写十四卷本《中国文学史》("大文学史"),这项大工程的提出,可以溯源到50年代前期,当时老所长郑振铎先生已经提出文学所应当编一部"大文学史"。余先生要完成郑先生的遗愿,同时也是在实践自己毕生准备做的一件大事。所以他当时悉心制订计划、调集配置人员,作了多方面的准备,并完成了起步的工作。前述吴组缃先生大呼"大哥"事,就发生在"大文学史"编写正式宣告启动的一次会议上。在那次会上,时任中国社科院副院长的周扬对余先生说:"你是总设计师啊!"余先生颔首认可。不过因某种原因,嗣后该项目计划有所变动调整,尽管余先生表示"我晚年就想把这件事做好"(这是他亲口对我说的),但客观情势下他的最后宏愿未能实现,留下无法弥补的遗憾。我在这里也难以对此事作出学术上的评估了。不过就三卷本文学史言,它问世至今已将半个世纪,今天来看,虽然其中一些观念显得陈旧,有些说法已经过时,但它在学术史上的重要位置是不容忽视的,它代表了上世纪60年代初一批有良知学者,对上世纪50年代后期极"左"思潮影响下产生的"大跃进"文学史所作的一种反拨,它是那个时代里学术领域内的"拨乱反正"成果。因此它甫问世,便受到学界好评,其主要特色是立论稳妥,分析切实,体现了实事求是的风格。这种风格面貌的形成,当然是文学史全体参加者共同努力的结果,但是它与余冠英先生在其中所起的协同统合作用是分不开的。因为实事求是也正好是余冠英先生本人的学术品格,无论是以上所说的平易或严谨,还有他的学术创新,都是求实精神在不同场合的表现罢了。